서書를 서序하다

서를 서하다

초판 인쇄 | 2023년 8월 15일
초판 발행 | 2023년 8월 20일
지은이 | 김경엽 외
펴낸이 | 신중현
펴낸곳 | 도서출판학이사

  출판등록 : 제20100-2005-28호
  주소 : 대구광역시 달서구 문화회관11안길 22-1(장동)
  전화 : (053)554-3431, 3432
  팩스 : (053)554-3433
  홈페이지 : http://www.학이사.kr
  이메일 : hes3431@naver.com

ISBN 979-11-5854-440-9 03800

書를 序하다

^서 ^서

김경엽 외 지음

學而思 학이사

서書를 서序하다

우리는 수많은 미디어에 노출된 채 살아가고 있습니다. 손가락만 몇 번 움직이면 원하는 것을 찾아볼 수 있고, 찾아본 것을 바탕으로 좋아할 만한 것을 쉴 새 없이 보여줍니다. '알고리즘'이라는 이 기술은 어떻게 보면 나보다 더 나를 잘 알고 있는 것 같기도 합니다.

이런 미디어 홍수의 시대에서 초 단위로 반응하는 현란한 콘텐츠들을 보다 보면 책이라는 것이 이제 꽤 낡은 방식의 매체로 느껴지기도 합니다. 쉽고 빠른 것들에 익숙해져 글을 읽는 것에 인내심이 필요하기도 합니다.

그런 생각에 잠겨 있을 때쯤 학이사독서아카데미를 만났습니다. 책을 읽는다는 것은 무엇이며, 왜 읽어야 하고 어떤 책을 읽어야 할지, 어떻게 읽을 것인지에 대한 명쾌한 강의들은 매주 목요일 저녁이 기다려지게 했습니다. 독서와 글쓰기에 대한 막연함이 구체화되어 읽고 쓰고 싶은 마음이 생기는 소중한 경험이었습니다.

　이 책은 8기 회원들의 그 경험을 엮은 결과물입니다. 지난해 강의를 시작으로 올해 마지막 교정까지 함께하면서, 이제야 아카데미가 마무리되는 기분입니다. '책 읽는 자들은 책이라는 배를 갈아타면서 스스로의 바다에 이른다'고 합니다. 아카데미는 끝이 났지만, 각자의 바다에서 항해할 모두를 생각하니 마냥 아쉽지만은 않습니다. 책이 나올 수 있게 도움을 주신 모든 분께 감사의 인사를 전합니다.

2023년 8월
학이사독서아카데미 8기
회장 김경엽

차례

6

나에게 책은 ___

___나를 새롭게 해주는 만남

매일 똑같은 일상과 비슷한 생각의 하루 속에서,
책을 통해 새로운 경험과 지혜를 품어봅니다. _ 김경엽

뜬구름___

늘 이 책 저 책 마구잡이로 읽어 뜬구름을 잡고 있나 싶지만
정해진 질서 없이 읽는 것에서 가끔씩 흙 속 진주를 줍곤 한다.
오늘도 뜬구름 잡듯 아무 책 한 권 집어들어 편하게 읽고
보석 찾기까지 해봐야겠다. _ 김민정

___선물

최근 나 자신 안에서 집중하게 해주었고, 책을 만나고
나 자신도 만나게 되었다. 안에 있는 잡념을 밀어내 주고
선물 같은 책의 글들이 들어와서 현재를 감사하게 해주었다.
그래서 책은 나에게 소중한 선물이다. _ 김창희

외갓집___

책은 쉬고 싶을 때, 아무것도 하고 싶지 않을 때, 그 어떤 것도
할 수 없을 때 생각만 해도 마냥 편안해지는 외갓집을 닮았다.
넘기는 책장에서 풍기는 향기는 아궁이 솔 향기가 되어
코끝으로 머리로 가슴으로 기억하게 하는
편함과 안정을 주는 힘이 있다. _ 라은희

파수꾼___

어디로 가는지 모른 채 마구 달리는 나를 붙잡아 주는 존재.
길을 찾을 때까지 곁에서 말없이 기다려 준다. _ 박선아

___하나의 매트릭스 세계

책을 여는 순간 다른 세계로 순간이동한다. 중세 어느
한 고장으로 떨어지기도 하고, 미래 우주의 어느 별에
안착하기도 하면서 끊임없이 다시 지구로 돌아오는 과정이다.
새로운 세계의 발견은 새로운 나를 찾는 것과 같다. _ 박소윤

신세계로의 초대장___

한 권의 책 속에는 저자의 수십 년에 걸친 노하우가 고스란히
녹아져 있다. 그가 영감을 얻고 조사하여 검증, 고증된
주옥같은 실체가 그 속에 숨겨져 있다. 얼마나 흥미진진한가?
나에게 책은 새로운 세상으로의 초대장이다. _ 백무연

___웰빙 푸드

유튜브 같은 패스트푸드보다 비싸고 먹기도 힘들지만
그만큼 몸에 좋다. _ 신우철

마법의 문___

문을 열고 발을 내디디면…
때로 단풍국 퀘벡의 거리를 거닐거나
때로 하얀 눈을 흩뿌린 듯한 메밀꽃밭을 거닐 수도 있으며
때로 폭풍우 치는 바닷가에 닿을 수도 있다.
때로 기대하지만
때로 어디로 가는지 알 수 없는 마법의 문이다. _ 안영희

쇳물처럼 뜨거운 작가의 열정을 풀무질로 북돋우고 그 열정을
단단하게 단련시켜 호미를 만든다. 그렇게 탄생한 호미는
꽁꽁 얼어붙은 대지도 부드럽게 일구어 새싹을 키울 수 있는 땅으로
만들어 준다. 책도 이와 같아서 쇳물 같은 열정을 지닌 작가와
편집자의 수고로 탄생하여 척박하고 무딘 마음 밭도 양질의 옥토로
만들어 주므로, 책은 곧 대장간의 호미라 생각한다. _ 이경애

명품___

책이란 나를 우아하게 해준다. 아무리 저렴한 가방일지라도
책이 있으면 명품이 된다. 책은 나를 세워주는 명품이다. _ 이풍경

___줄넘기

줄넘기는 민첩성이 길러지는 강도 높은 유산소 운동이다.
나에게 좋은 책은 사회 적응력을 길러주고, 불필요한 걱정을 잊고
책에 몰두하게 해줌으로써 건강한 몸과 마음을 갖게 해준다. _ 정규진

유한 세계의 유일한 무한 동반자___

우리는 제행무상의 유한한 세계에 살고 있다. 청춘을 바쳐 일했던
직장에서도 언젠가는 물러나야 하고 마음을 나누었던
친구 동료들과도 헤어지는 날이 오고 하물며 내 분신과도 같던
가족도 언제나 내 곁에 머무르지는 못한다. 영원히 나와 함께하는
존재는 나 자신뿐이다. 내 정신이 병들어 아무것도 분별하지 못하는
슬픈 날이 올 때까지는 책은 내 영혼의 자양분이 되고 나침반이 되고
휴식처가 되어주는 변치 않는 친구이다.
책은 내 생명이 다하는 날까지 나와 함께 살다 갈 수 있는,
한계 없고 조건 없이 가질 수 있는 단 하나의 동반자이다. _ 최은영

버티는 삶은 아름답다

『환상의 빛』, 미야모토 테루, 바다출판사

김 경 엽

　죽은 이는 말이 없다. 더군다나 이유를 알 수 없이 스스로 생을 마감해 버린 자의 죽음 앞에서 남겨진 자는 슬픔과 상실이라는 커다란 벽을 마주하는 기분일 수밖에 없다. 죽은 이에게 죽음은 삶보다 나은 선택이었을까? 그들의 죽음을 살아있는 자들은 온전히 이해할 수 있을까?

　소설 『환상의 빛』은 이런 질문을 던지게 만드는 작품이다. 등장인물들을 통해 미야모토 테루 특유의 잔잔하지만 빨려 들어가는 문장으로 그려낸 작품은, 일본을 대표하는 영화감독인 고레에다 히로카즈 감독의 동명 데뷔작〈환상의 빛〉으로 제작되어 다수의 국제영화제에서 수상하기도 하였다.

저자 미야모토 테루는 1947년 고베 출생으로, 원래 광고회사 카피라이터로 근무하다가 퇴근길에 잠시 비를 피하려고 들른 서점에서 유명작가의 단편소설을 읽게 되는데, 문장들이 너무 형편없어서 도저히 끝까지 읽을 수가 없었다고 한다. 어렸을 때부터 문학작품을 많이 읽은 자신이라면 좀 더 잘 쓸 수 있지 않을까 하는 생각에 퇴사를 결심하고 소설을 쓰기 시작하게 된다, 데뷔작인「흙탕물 강」으로 다자이 오사무 상을 받고, 다음해「반딧불 강」으로 아쿠타가와 상까지 휩쓸면서 지금까지도 일본 순문학을 대표하는 작가로 활동하고 있다.

소설은 1950년대 외곽도시와 어촌이 배경으로, 주인공 유미코의 시점으로 진행된다. 유미코는 어린 시절 가난이 무엇인지 모르고 마냥 즐겁게 지냈지만, 치매에 걸린 할머니가 고향 땅에서 죽고 싶다며 막무가내로 집을 나가버린 날 병약한 아버지의 존재를 깨닫고 되고, 아버지를 대신해 공사장에서 힘든 노동일을 하던 어머니의 비참한 모습을 보고 자신의 현실을 깊게 인식하게 되는데 그때 마침 집으로 돌아가는 길에 우연히 들어갔던 파친코점에서 초경을 맞게 된다.

> 초경이 무서웠던 게 아닙니다. 저는 그때 가난이라는 것을 태어나서 처음으로 원망했던 것입니다. 햇볕이 쨍쨍 내리쬐고 있는 국도로 사라진 할머니의 조그마한 뒷모습이나 막벌이꾼에게 엉덩이를 걷어차이던 어머니의 모습이, 한낮인데도 전구를 켜지 않으면 안 되는 축축한 방 가득히 되살아났습니다. 저는 장지문을 쾅 닫고 피가 굳어서 딱딱해진 팬티를, 스커트 위로 언제까지고 꼬옥 누르고 있었습니다. 지금도 달거리가 시작될 때는 어김없이 이유 없이 썰렁해지고 쓸쓸한 기분에 사로잡히는 것도, 아마 초경이 있었던 순간. 파친코점의 냉방으로 얼음처럼 차가워진 땀에 절어 있었던 탓이라고 저는 생각하고 있습니다.

- p. 31

가난은 선택한 것이 아닌 것처럼 떠밀리듯 삶은 지속된다. 서글픈 현실이지만 담담히 삶을 마주하는 유미코는 가난과 부재, 이별과 만남을 통해 끊임없이 흔들리고, 끊임없이 불안하지만 어떻게든 자신의 삶을 살아내었던 것이 아닐까. 태어난 지 석 달밖에 안 된 아이와 아내를 두고 뜻 모를 선택을 한 전남편의 죽음 앞에서도, 아이를 키우며 살기 위해 누군지도 모르는 새 남편과의 재혼에서도 유미코는 두렵고 떨리지만 피하지 않고 현실을 묵묵히 마주했었어야 하지 않았을까.

그때 감쪽같이 정신이 나간 것이 아니었을까, 하고 저는 당신이 죽고 나서의 그 며칠간을 떠올릴 때마다 생각합니다. 여우한테 홀린 것 같은, 여럿이서 누군가에게 속은 듯한, 그런 멍한 마음속에 흐느끼지도 울부짖지도 못한 채 오직 컴컴한 땅속에 가라앉아 있는 또 하나의 마음이 있었습니다. 옆에서 울고 있는 유이치를 내버려 둔 채 멍하니 다다미를 쳐다보고 있는 모습이 걱정되었는지 관리인 부부가 하루 종일 저를 지켜봐 주었습니다. 남편의 뒤를 따라 가스관이라도 물지 않을까 걱정하는 것이라고, 저는 마치 남의 일처럼 생각했습니다. 그때의 저는 유이치를 데리고 죽어버릴까, 하고 생각한 것도 아니었고, 그렇다고 앞으로 어떻게 살아갈까,

하는 생각을 한 것도 아니었습니다. 저의 마음속에 있는 또 하나의 마음에, 비 그친 선로 위를 터벅터벅 걷고 있는 당신의 뒷모습이 이제 또렷이 비쳤습니다. 하늘색 와이셔츠 위에 회색 블레이저코트를 입고 약간 등을 구부린 특유의 모습으로 혼자 묵묵히 이슥한 밤의 선로 위를 걷고 있는 당신의 뒤를 쫓으면서 저는 열심히 그 마음속을 알려고 기를 썼습니다.

– p. 23

유미코는 같은 동네에서 자란 남자와 결혼하여 아들 유이치를 낳는다. 유이치가 태어난 지 석 달 만에 남편은 전차 선로에서 자살을 하게 되는데, 어떠한 단서나 이유도 없었던 그의 죽음은 유미코에게 큰 슬픔과 의문으로 남아있다. 그렇게 갑자기 자살해버린 그날 밤의 그 뒷모습을 떠올려 보며 이유를 찾으려 해보지만, 도저히 알 수가 없다. 하지만 유미코는 이미 어릴 적 치매에 걸린 할머니가 집을 떠나가는 날 그 알 수 없는 뒷모습을 경험한 적이 있으며, 그때도 마찬가지로 떠나가는 할머니에 대해 아무런 만류도 이해도 하지 못했었다. 말없이 죽어버린 남편은 가엾고 불우한 성장기를 보냈으며, 죽기 직전에 실패한 스모 선수를 연민하면서 본인의 삶을 비추어 말하기도 하며, 자신의 잃어버린 자전거에 대한 앙갚음으로 부잣집에서 자전거를 훔치기도 하지만 유미코는 이때도 그런 남편을 공감하거나 이해하기는커녕 오로지 남편의 절도가 발각될까 두려워 훔친 자전거의 페인트를 다시 칠해야 하지 않냐는 얘기만 해버린다….

유미코의 삶은 그저 하루하루 살아가는 것에 매몰되어 있기에 불우하고 우울했던 남편의 삶을 공감하기보다는 가정의 안위와 가난을 버텨내는 데 집중하고 있고, 그런 이유로 남편의 인생 전체가 가엾고 불쌍하다는 생각을 할 뿐 그의 죽음은 아무리 고민해 보아도 알 수 없는 수수께끼처럼 느껴졌을 것이다.

그렇게 몇 년이 지나고 유미코는 재혼한 남편과 새로운 가족들을 위해 다시 열심히 살아가는데, 그런데도 한 번씩 소소기 해변의 변화무쌍한 바다를 바라볼 때마다 멍하니 자살한 남편의 알 수 없는 죽음이 떠오른다.

바다는 뱃사람들이 나고, 죽는 장소이다. 마을 사람들은 언제, 무슨 일이 일어날지 모르는 바다에 비친 빛을 보며 '환상의 빛'이라 하면서, 죽음을 선택한 이들은 이 "환상의 빛"에 꾀여서 그렇게 되었다고 믿는데, 유미코도 결국에는 알 수 없는 남편의 죽음을 혼이 뺏겨서 죽어버린 것으로 생각하게 된다.

이 작품은 유미코가 편지를 쓰고 있는 듯한 서간체 형식으로 진행이 되는데, 도무지 알 수 없는 전남편의 죽음과 유미코의 애잔한 삶을 그려내는 데 있어 편지글 형식의 문체는 매우 효과적인 역할을 한다. 가족을 위해 살아낼 수밖에 없는 현실과 갑작스러운 전남편의 죽음으로 끊임없이 흔들리던 유미코가 작품의 마지막 부분에서 이제는 모든 것을 받아들이고 일상으로 돌아가려는 모습을 누군가에게 툭 던지는 듯한 편지글처럼 마무리하여 더 잔잔한 여운으로 남게 한다.

알 수 없는 죽음 앞에서 거대한 슬픔으로 삶을 견뎌낸 유미코를 버티게 해준 것은 과연 무엇이었을까. 그런 유미코를 남겨두고 삶을 등진 전남편의 선택은 과연 어쩔 수 없는 선택이었을까? 읽는 내내 그들의 삶이 죽음보다 나은 것인지 되묻고 싶어지다가도 주인공 유미코의 버티는 삶에 빠져들어 고된 일상이 잔잔한 희망으로 전환되는 감동을 주는 작품이었다.

청년은 우리 모두의 미래

|

『청년의 내일을 여는 해방일지』, 김요한, 학이사

김 경 엽

OECD 국가 중 자살률 1위 대한민국. 수년째 이어오는 이 불명예의 기록은 국가별 평균 자살률 대비 2배가 넘으며, 최근에는 청년층의 자살률이 급증하고 있어 우리 사회의 심각한 문제로 떠오르고 있다. 청년층 사망원인 절반이 그들 스스로 세상을 떠났다는 사실은 미래를 이끌어갈 세대의 오늘이 녹록지 않음을 보여준다.

이런 어두운 현실에도 10여 년 이상 청년과 지역사회에 헌신하며 오랜 시간 청년과 함께 청년 정책에 힘써온 이가 있다. 대구광역시의 청년정책과장으로 5년간의 임기를 마친 김요한 박사는 지역과 청년 문제를 현장에서 직접 발로 뛰며 부딪혀온 지난 10여 년의 경험들을 『청년의 내일을 여는 해방일지』라는 책으로 펴냈다.

책은 1, 2부로 나누어져 있는데, 1부에서는 청년정책과 청년의 삶에 대한 저자의 경험들을 담고 있고, 2부에서는 현실적인 청년 문제 해법을 이야기하며 청년들의 미래에 대한 저자의 희망을 담고 있다. 단순히 저자의 지난 정책수행 경험을 기록한 내용은 아닐까 하고 책을 열었지만, 다양한 사례와 경험을 바탕으로 한 저자의 생각들을 읽으면서, 청년세대의 문제는 결국 사람에 관한 이야기이며 지역과 사회라는 공동체로 엮어진 우리가 모두 함께 풀어나가야 하는 문제라는 것을 알게 되었다.

저자는 대기업에 합격하고도 IMF가 터져 곧바로 합격 취소 위로금을 받아야 했던 91학번 IMF 세대로서 대구테크노파크 정책기획단에서 13년간 근무를 하며 청년센터 운영위원, 청년 정책위원회 위원으로 활동을 하다가, 2017년 5월 대구시의 청년정책과장 자리를 제안

받게 된다. 정년이 보장된 공공기관을 그만두고, 5년짜리 계약직으로의 이직에 가족들의 걱정과 불안도 있었지만, 책의 31쪽에 나오는 것처럼 "내 손에 들어온 공이 고무공이 아니라 유리 공처럼 느껴졌다. 피하면 훗날 후배세대들에게 내 인생이 부끄러울 수 있겠다는 생각이 들었다."고 한다.

어떤 이유에서 후배세대들에게 저런 책임감이 들었을까? 저자는 2011년 대학생들을 위한 특강을 하게 되었는데, 이때 학생들의 반응이 뜨거웠고, 한 번의 만남으로 끝내는 것이 아쉬워 그때부터 시작된 모임이 10여 년이 지난 지금 비영리단체 '웨즈덤WEsdom 인생학교'로 성장하게 되었다고 한다. '사람은 만남으로 자란다'라는 캐치프레이즈의 웨즈덤은 현재까지 100여 명이 넘는 멘토와 청년들과의 만남을 이어왔고, 이렇게 청년과 함께했던 저자 김요한 박사의 이력은 그저 직업적인 경력으로 그치지 않고, 청년세대들에 관한 관심과 애정이 함께한 결과물인 것 같다는 생각이 들었다.

지금의 청년세대를 연애, 결혼, 출산을 포기했다는

의미인 3포 세대로 부른다. 이제는 3포를 넘어 내 집 마련, 인간관계까지 포기했다는 5포 세대가 등장할 정도로 청년세대의 현실은 암울하다. 이에 대해 저자는 "청년이 겪는 일자리, 주거, 부채 등의 사회문제는 아직 스스로 자립하지 못한 사회 진입기 청년들에게 더 가중된 문제이며, 청년들이 먼저 첨예하게 겪을 뿐 청년만의 문제가 아니며 우리 사회의 보편적 문제이다."라고 말한다. 그중에서도, 청년 일자리 문제는 복잡한 노동시장과 노동 공급의 변화, 이에 따른 청년들의 태도 변화라는 상관관계를 책에서 상세히 설명하면서 기성세대가 놓치고 있는 지점을 정확하게 짚어낸다.

그럼 이렇게 쉽지 않은 청년 문제들을 어떻게 풀어야 할 것인가? 이에 대해 저자는 의미심장한 단어를 꺼낸다. '청년 자강自强' 청년 스스로 강해져야 한다는 뜻이다. 책의 2부에서부터 설명하는 청년 자강의 내용은 청년창업과 청년세대 스스로가 변화, 혁신하여 자립할 수 있도록 만든 정책들과 경험에 관한 사례들을 설명하고 있다. 152쪽의 '패자부활전과 실패자산의 날'이라는 꼭지에서는 창업과 실패에 대한 우리나라의 현실을 이야기하는데, 미국과 중국 기업인들은 평균 2.8회의 실패경험을 가졌지만, 우리나라 기업인들의 실패경험은 1.3회라고 한다. 2배가 넘는 숫자만큼 한국에서 창업 실패는 다시 도전하기 어려운 현실이며, 이 두려움이 청년세대에게는 도전에 대한 또 다른 장벽이 될 것이라는 생각이 들었다.

책을 읽어 나갈수록 청년 문제에 대해서 막연했던 생각들이 실제적인 사례들로 다가오면서 조금씩 공감하다 보니 때로는 답답하게 느껴졌었지만, 저자는 문제제기만 하지 않는다. 최전선에서 젊은이들을 대면하면서 공감했던 경험들을 정책 수립에 그대로 반영하여 좋은 결실을 보았던 이야기부터는 답답함이 순식간에 사라진다. 계획대로 진행되지 않았던 정책사업들에 관한 이야기도 재미있다. 부족했던 부분, 정책 시행 후 뜻밖의 결과와 이유가 깨알같이 낱낱이 소개된다.

책의 마지막 부분에서 다루는 이야기는 조금 무겁고 어려운 주제다. 이미 세계에서 가장 빠른 고령화 국가인 우리나라. 이대로라면 고립된 청년들이 많은 노인을 부양해야 하는 미래가 뻔한데, 수도권 인구는 전체 인구의 50%가 넘고, 반대로 지방은 소멸 직전인 지역 양극화에 관해 이야기하고 있다. 이 수도권 과밀화가 기회의 불균형을 만들고, 기회의 불균형이 지역 청년들의 인구유출과 국가균형 발전이라는 정부의 숙원이 된 과정을 담았다.

그렇다면, 어떻게 지역에서 청년들의 유출을 막을 것인가? 책의 마지막 부분에 다다르니, 독자로서 자연스레 의문이 들었고, 글쓴이의 해법은 과연 무엇일까 더 궁금해졌다. 책에서는 대구시에서 실제로 진행했던 사례들로 여러 현실적인 해법을 제시하고 있지만, 책 전체에서 나타나는 저자의 사람과 공동체에 대한 따뜻한 관심이 더 근원적인 문제해결방법이 아닐까 하는 생각이 들었다.

사회적 위기를 느끼고 있다면, 우리는 이제 건강한 공동체에 관하여 서로 이야기를 해야 한다. … 공동체의 회복은 바

로 관계의 회복, 사회적 연대와 결속을 위한 대화에서 시작
한다.

- p. 269~270

　저자 김요한 박사는 책의 처음부터 마지막까지 청
년세대의 문제는 우리 모두의 문제라는 깊이 있고 애정
어린 시선으로 청년의 내일을 이야기한다. 다소 삭막할
수도 있는 주제이지만 희망차게 읽힌다. 우리 청년들의
미래는 우리 모두의 미래이며, 우리나라의 미래이기도
하다. 작가의 바람처럼 세대를 넘어, 지역을 넘어서 청
년이 행복한 내일을 꿈꿔본다.

나에게 건네는 위로 한 권

『나의 서툰 위로가 너에게 닿기를』, 선미화, 시그마북스

김 민 정

사람들은 위로를 필요로 한다. 다른 이와 더불어 살아가는 경쟁 구조적 사회에서 인정받으려는 욕구는 다른 이의 응원을, 또 다른 이에겐 위로의 힘을 필요로 한다.

"열심히 해야 해!", "잠시 쉬어가도 돼!" 선과 악이 공존하는 데미안의 아프락사스 신처럼 우리 마음에도 응원과 위로가 공존하는 듯하다.

언제 위로를 받게 되나 생각해 본다.

누군가의 조언을 들을 때, 좋은 인생 강의를 들을 때,

명쾌한 해답을 주는 것도 좋지만 정보의 홍수 속, 어떤 많은 말보다 조용히 곁에 있어주고, 나의 이야기를 들어주는 것으로도 사람들은 큰 위안을 받는다.

책의 저자 선미화 작가는 조소를 전공했지만 전공과는 조금 다른 그림을 그린다고 한다.

삶은 정해진 모습 없이 다양한 모습으로 변할 수 있을 거라 생각하지만, 변하지 않길 바라는 건 따뜻함이 담긴 그림을 그리고 싶다는 마음이라고 한다. 시간이 지나도 위로와 쉼을 전하는 그림을 그리고 글을 쓰는 사람으로 남아있으면 좋겠다고 말한다.

『당신을 응원하는 누군가』, 『어떤 날에도 위로는 필요하니까』라는 그림 에세이를 통해 사람들에게 응원을 보내고 있다.

이 책은 네 파트로 구성되어 있다.

첫 번째는 '나에게 전하는 위로' 이다.

삶에는 내가 할 수 없는 일이 있다는 걸, 애를 써도 안 되는 일, 그걸 인정하는 용기가 필요하단 것으로 시작한다.

작가는 내 삶에서 중요한 것 중 하나가 '균형'이라
한다.

　'마음과 마음 사이의 균형' '사람과 사람 사이의 균형'
'일과 쉼 사이의 균형'
　이 중 어느 것이라도 흐트러지면 삶 전체가 흔들리게 돼.

- p. 20

어느 한쪽으로도 치우침 없이 무게중심을 맞추는 것
은 필요하지만 쉽지 않은 일이다.

신체와 정신의 균형도, 나와 세상과의 균형도 필요
하다. 작가는 균형을 잡기 위해 많은 연습과 넘어짐의
순간이 필요하다고 한다.

두 번째는 '익숙한, 하지만 조금은 낯선' 위로를 말
한다.

사람들은 흔히 '나는 평범하다'고 한다. 또 평범하
게 살고 싶다고 한다.

평범한 보통 사람, '보통'이라는 단어는 '특별하지

않고 흔히 볼 수 있어 평범한 중간 정도'를 의미한다.

> 생각하는 보통의 수준이 보통이 아닌 건지, 보통만큼도 되기 힘든 세상인 건지.
> 그렇게 우리는 보통 사람처럼 살기 위해 보통보다 더 많은 애를 쓰며 살아가는 것 같아.

- p. 98

가끔 내가 꿈꾸고 기대했던 보통의 모습이 이런 모습이었나 싶을 때가 있다. 하지만 보통이라는 그 높은 기준으로 지극히 평범하게 살기 위해, 열심히 뛰고 동기 부여를 하며 더 나은 나를 만들어 가고 있다.

세 번째 '함께여서 다행이야'는 인간관계에 대한 위안이다.

나의 배려 없는 기쁨으로 상대에게 가시가 되는 경우, 오해로 풀어내지 못한 매듭 등 관계의 어려움에 관해 이야기한다.

친하다는 말이 참 허무하게 느껴질 때가 있다. 지금

이 순간 친하다고 그 친함이 영원히 지속될 수는 없다. 관계들 속에 밀고 당기기가 힘들지만, 이런 시간을 반복하면서 상대에게 진실한 마음을 다한다면 그것만으로 괜찮다고 말하고 있다.

마지막은 '잠시 멈춰야 하는 이유' 이다.

언젠가 지친 하루에 번아웃이 온 순간, 마음속 작은 틈을 스스로 발견한 순간이 있을 것이다. 작은 마음의 여유도 없이 보낸 시간이 길어질수록 틈도 깊어진 것인지 채우는 시간도 쉽지 않음을 느낀다.

지금 자신을 채우고 있는 색이 무엇인지,
혹시 불필요한 선으로 종이를 채우듯
빡빡하게 채워만 가고 있는 것은 아닌지
알아차릴 시간이 필요해.

그 시간은 인생에 생긴 작은 틈 같아.
그 틈으로 인해 당장 무너질까 두려워 외면하고 싶기도 하지만
정작 마주하고 보면 작은 틈으로 인해 인생이 무너지는 일

은 없어.

　오히려 그 틈으로 숨을 쉬게 될 수도 있지.

　이제는 그 틈을 위해 사는 것 같기도 해.

- p. 166

　마음의 외로움은 모든 사람이 가지고 있다. 무언가를 손에 쥐려 하면 할수록 더 여유롭지 않고 외로워지기도 한다. 이 책은 누군가 나를 이해해 주고 옆에 있어주는 것 같은 위안을 준다.

　책장을 넘길 때마다 선명하고 밝은 삽화도 작가의 의도를 전하고 있다.

　좋은 음악을 들으면 기분이 좋듯이 좋은 그림 역시 힐링 포인트가 된다. 편안하지만 단조롭지 않은 그림과 따뜻한 작가의 글을 보고 있으면, 지금 이 시간이 달콤한 휴가를 온 듯하기도 하다. 일상에서 오는 복잡한 무게에 눌린 현대인들에게 균형 잡힌 가벼움을 선물해 준다.

　혼자라 느낄 때 무심함으로 툭 다가와 쉴 수 있게 어

깨를 내어주는 책, "언제나 마음 깊이 응원합니다." 작
가의 마지막 말에 따뜻함이 충분하다.

역사가 주는 교훈, 그때의 역사 속으로…

『대항해시대의 탄생』, 송동훈, 시공사

김 민 정

　대항해시대는 15세기부터 17세기 동안 유럽인들이 바다를 통해 세력을 확장하던 때를 말한다.

　이 책에서는 그 당시 초반을 주도했던 포르투갈과 스페인의 역사와 문화 등을 소개한다. 또한 그들의 전성기가 어떻게 만들어졌고 어떻게 쇠퇴하게 되는지 그 긴 역사를 설명하고 있다.

　스페인과 포르투갈은 이베리아반도에서 이슬람 세력을 몰아내면서, 바다를 통해 새로운 땅을 발견해 점령하고자 했다. 이것이 대항해시대의 시작이었다.

먼저 포르투갈이 엔히크 왕자의 지휘하에 대서양에 진출한 것이 역사가 됐다.

이후 주앙 2세는 아프리카 대륙으로 남하하였고 결국 바르톨로메우 디아스가 이끌던 함대가 아프리카의 최남단에 있는 희망봉에 이르게 된다. 그 후로도 계속해서 인도로 대규모 함대를 내보내어 인도의 몇몇 항구들과 요충지를 점령하기 시작했다.

스페인은 이탈리아 탐험가 콜럼버스를 앞세워 대서양으로 모험을 떠나 결국 아메리카 신대륙을 발견하게 되며 정복하기 시작했다. 포르투갈은 아메리카 대륙에서 브라질 땅만 차지하고 나머지는 스페인의 몫이었다. 스페인은 또 마젤란의 함대가 세계 일주에 성공하면서 아시아로도 진출하게 되었다. 스페인은 대서양뿐 아니라 세계로 세력을 확장하는 데 적극적이었다.

이 책에는 희망봉을 발견한 바스코다가마, 세계 일주를 한 마젤란과 같은 위대한 탐험가와 항해사들의 업적도 기술되어 있으며, 스페인 이사벨 여왕의 카스티야와 아라곤 통합과 이베리아반도에서 무슬림을 축출하고 대제국 기반을 닦은 이야기도 흥미로운 부분이다.

이처럼 포르투갈과 스페인은 약 200년에 걸쳐 새로운 영토를 찾아 바닷길을 개척하는 과감한 시도를 한다. 새로운 것에 대한 열린 태도와 도전과 열정이 그들을 역사의 선두에 서게 했다.

여행, 탐험, 항해는 결국 그런 것 같다. 호기심과 용기를 가지고 남이 가지 않았던 곳으로 나아가는 것, 스스로 길을 만들어 미지의 세계로 나아가는 것. 이것은 무지에 대한 도전이며, 공포를 극복하는 위대한 행위이다.

훗날 스페인, 포르투갈의 대항해시대는 막을 내리게 된다. 두 나라가 전 세계를 차지할 것처럼 보였으나 짧지만 강렬하게 또 빠르게 쇠퇴하게 된다.

포르투갈 정부는 바다를 개척하고 제국을 건설하는 데는 성공했지만 국내 산업을 육성하는 것에 실패했다. 평범한 왕이었던 주앙 3세는 태생과 교육의 한계를 벗어나지 못하고 제국을 파멸로 몰아갔다. 인력 부족과 재정 악화 등 다른 요인들도 작용해 결국 총체적 난국에 빠지게 되었다.

또한 스페인은 무적함대가 엘리자베스 1세가 이끌던 영국 함대에 패배하고 네덜란드가 독립하여 재정적으로도 악화되면서 서서히 무너지기 시작하였다.

결국 포르투갈과 스페인의 자리는 네덜란드, 영국, 프랑스 등이 차지하게 되었다.

대항해시대 역사를 이해하려면 그 무렵 역사적 배경은 필수이다. 그래서 작가는 그 내용을 중간중간 첨부해 두었다.

세계의 중심이 되고 또 사라지는 역사를 보면 여러 생각에 빠지게 된다.

반복되는 역사 속 삶에서 중요한 것들, 다름을 인정할 줄 아는 포용력, 시대의 흐름도 잘 읽어야 할 것이다.

작가는 대항해시대는 왜 중요한 것인가, 왜 알아야 하는 것인가 하는 물음에 그 시대가 낳은 결과가 너무나 심대했고, 아직까지 진행형이기 때문이라고 한다.

이때 역사의 주도권을 차지한 서구 국가들과 그 후에 국가들이 여전히 선진국으로 인류의 문명을 이끌고 있으며, 그들에게 희생된 문명들은 대부분 중후진국에 머물고 있다고 한다.

21세기 제2의 대항해시대가 시작됐다. 바다에서 우주로 대상이 바뀌었다.

한국은 지난 2021년 '항공우주산업개발촉진법'을 개정한 바 있으며, 2032년 달 착륙, 2045년 화성착륙 등을 골자로 하는 '제4차 우주개발진흥 기본계획'을 발표했다. 이를 통해 글로벌 우주경제 강국으로 도약하는 것이 목표이다.

거대한 공간 우주, 지금 우리는 탐험을 위해 준비하고 나설 때인 것이다.

우리가 역사를 되돌아보는 이유는 과거를 거울삼아 현재를 보고, 미래를 준비하기 위함이다.

인류의 미래인 광활한 우주를 향하여, 과거를 경험으로 한 현재의 끊임없는 연구, 탐험으로 우주 선도국가가 되길 바라는 마음을 담아 작가는 독자들에게 생각의 숙제를 남긴다.

대항해시대에 포르투갈과 스페인의 배들이 바다와 시대를
갈랐듯이, 오늘날 미국의 우주선들은 우주와 시대를 가르고
있다. 우주시대를 개척하는 선두주자들이 인류의 역사를 이
끌어갈 것이다. 반복되는 역사 속에서 우리 대한민국은 어디
에 서게 될까? 우리 대한민국은 어디에 서 있어야 할까?

− p. 347

문제를 해결하는 힘은 새로운 정보를 얻는 데서 오는 것이
아니라, 이미 오래전부터 알고 있던 것을 체계적으로 정리하
는 데서 온다.

− 비트겐슈타인

과거 그때의 뜨겁고 치열했던 역사 속으로 안내하는
저자는 문명탐험가인 송동훈 작가이다.

12년 동안 조선일보에서 기자로 일했으며, 2009년
독립해 역사와 사람, 사회와 세상을 알기 위해 책을 읽
고 여행했다. 세상과 한국을 연결하는 좁지만 바르고
튼튼한 다리가 되는 것이 인생의 목표라 한다.

시공간을 넘어서

『지금 바다로 가는 버스를 탈 수 있을까』, 최영실, 학이사

김 창 희

보이는 것은 보이지 않는 것과 닿아 있고 지나간 것은 다가올 것의 예감이다. 나의 여행은 비가역적 시간을 수평 위에 점으로 기록하는 일이다.

– 작가 소개

작가 소개가 독특하다. 바다와 어울리는 파란색 표지에 적힌 하얀 책 제목에 마음을 빼앗긴 것도 찰나, 그 흔한 이력도 소속도 아닌 문장으로 표현된 소개는 이 책과 작가를 이해하기에 충분하다. 작가의 과거, 미래, 현

재에 공간의 확장을 넘어 공간의 초월을 느끼게 하는 여행 산문집이 성큼 다가온다. "고백하자면 나의 진정한 여행은 그곳에서 돌아오면서 시작된다."는 작가의 말이 공감된다. 여행 기간보다 다녀와서 기억되는 시간이 몇 배 더 길기 때문이다. 그래서 인생 또한 여행이 아닌지.

이 책은 2021년 도서출판 학이사가 출간한 산문의 거울 8집으로 작가의 첫 여행 산문집이다. 작가는 외씨 버선길, 부석사, 평창 대관령 등 국내 24곳, 캄보디아 프놈펜, 베트남 호치민 등 국외 10곳을 여행하고 그 후기를 '마냥', '붉은', '다시'로 나눠 묶었다.

마냥.

그래, 남겨둔다. 이토록 아름다운 것은 두고두고 남겨두었다가, 삶에 치여 흙투성이가 무릎을 털면서 오거나, 더 이상 오를 것이 없어 사는 것이 시시해질 때 오만함을 주머니에 푹 찔러 넣고 오면 된다. 사과꽃향기 머무는 봄도 좋고, 은행잎 황금빛 주단 펼쳐 밟고 오르는 가을도 좋고, 천년을 거슬러 선묘각 가는 길에 하얀 발자국 내보는 어느 눈 오는 날은 더

욱 좋고,

- p. 13

붉은.

　지나가는 슬픔, 지나가는 골목, 지나가는 당신, 지나가는 환희, 지나가는 사랑, 지나가는 감기, 지나가는 주소, 지나가는 나무, 지나가는 비, '지나가는'이란 말은 너무 서늘하잖아, 세상 모두는 진정 다 지나가고야 마는 것인가.

- p. 75

다시.

　돌아본다, 라는 말은 한해를 마무리하면서 사람들이 가장 많이 쓰는 말이 아닐까. 멈추지 않고 흐르는 시간과 공간 속에서 서로의 상처는 보듬어 살펴주어야 하고 품어야 할 기억은 새기면서 이어가고 싶다. 모든 끊어진 것들은 시간이 필요할 뿐 언젠가는 하나로 이어지리니.

- p. 151

서점에 나와 있는 많은 여행 글은 몰입하여 읽기가 쉽지 않은데 이 산문집은 그렇지 않다. 고급스러운 시적 표현 때문일까, 여행지에 대한 간결한 설명에 깊은 서정이 잘 버무려져 있어서일까. 작가의 마음이 내 마음에 닿고, 여행지를 서늘하게 지나가지 않고 그곳에서 내가 머물러 있는 느낌이다. 작가의 의도대로 여행의 시작과 끝이 다시 돌아와 처음과 이어진다. '마냥', '붉은', '다시' 알 수 없는 그녀의 분류에도 여행의 냄새가 난다.

　　'여행 가고 싶다…' 라고 늘 생각만 하고 산다. 글 속 장소 중, 다녀온 몇 군데를 떠올리면서 추억 속에 잠기기도 하고, 가보지 않은 곳을 찾아 떠나는 상상도 한다. 당장 버스노선이 없을지도 모를 그곳에 버스를 타고 찾아가 보고 싶다는 생각이 솟구친다. 내친김에 그녀가 소개하는 거제 지심도로 내달려 본다. 작가가 아버지와 함께한 '아버지의 섬 그리고 동백이야기' 거제 지심도, 붉은 동백에 추억이 서려 있는 그대로 작가의 유년 시절로 데려다 주었다.

바다 위에 떠 있는 이 섬, 저 섬처럼 자유롭고 싶었던 아버지, 그러고 보면 모든 뭍이 그리움이 되는 섬을 좋아하는 나의 아버지를 꼭 닮았을까.

– p. 105

자연은 늘 나를 낮은 곳으로 가라 한다.

– p. 19

쫓기듯 떠밀려 보내는 이에게 아니면 공허하게 시간을 보내며 의미를 찾는 현대인에게 나만의 여행을 떠나면서 자연과 함께 미래를 그려보길 바라는 마음이 외씨버선길에 선 작가에게서 엿보인다.

희석된 시간에 묽어져 흐르는 메콩강이 평화로운 흙빛이다. 뼛조각이 화석 되어 가라앉은 긴 시간, 핏빛 물길 되어 강물 저 깊은 곳으로 흐르고 있겠지. 사이공의 밤이 그렇게 흐르는 것처럼.

– p. 192

서로에게 타자화되어 가는 도시를 사는 현대인들에게 베트남 한국참전의 역사를 기억 속에서 끄집어내 '헬로우 미스사이공' 잊지 말라며 인사한다.

독특함은 또 있다. 여행 관련 도서하면 으레 사진이 있으리라 예상하지만 이 책에는 사진이 한 장도 없다. 작가는 사진전을 개최하는 사진 전문가임에도 불구하고, 없다. 추상적인 사진을 선호해서이기도 하지만 사진으로 인해 여행지에 대한 기억들이 단편적인 조각으로 남는 것을 우려한 것 같다.

> 이번 여행 산문집은 사진을 넣지 않았다. 홀로 혹은 사랑하는 이와 여행을 꿈꾸는 당신이 마지막 빈 풍경을 채워준다면 더없이 완벽한 여행의 기록이 되지 않을까 하는 설레는 마음으로.
>
> – p. 7

떠나고 싶지만, 현실적인 이유에 묶여 떠나지 못하는 모두에게 작가는 묻는다. "지금 바다로 가는 버스를 탈 수 있을까." 여행은 현실에 머무르지 않고 새로운 장소에서 새로운 나를 발견하는 기회, 여러 모습의 나를 새롭게 발견할 수 있게 해준다. 이것만으로도 떠날 이유는 충분하지 않은가. 익숙한 나와 결별하고 또 다른 나를 만나서 돌아오는 여행을 떠나고 싶다. 당장 버스 노선이 없을지도 모를 그곳에 버스를 타고 찾아가 보고 싶은 누군가에게 이 책을 선물하련다.

어김없이 수천억 년을 하루같이 뜨고 지는 해 앞에 가벼이 황홀해지지 않기를 서쪽 매일 밀려오는 노을만큼 무심히 길을 잃고 쓴다.

－ 작가 소개

'현재'라는 '선물'

『선물』, 스펜서 존슨, 랜덤하우스코리아

김 창 희

이 책은 2003년도에 출간되어 나온 지 어느덧 20년 이란 세월이 흘렀다. 출간 무렵, 첫 직장생활로 힘들어하는 내 모습을 옆에서 지켜보던 동료가 건네준 책이다. 당시에는 전형적인 자기개발서 내지 성공에 관한 책으로 마케팅에 의한 베스트셀러라는 느낌이었다. 그런데 나이가 들어 다시 읽으니, 전과는 감정이 사뭇 달랐다. 문장마다 전해지는 깊이가 있었고, 나에게 지금 진정 필요한 선물상자를 받은 느낌으로 읽어 내려갔다.

전 세계 수많은 이들에게 감동을 주기로 유명한 스

팬서 존슨은 심리학 전공, 의학 박사로 '내면을 고치고 싶다'는 마음으로 환자를 돌보다가 작가로 진로를 바꿨다고 전해진다. 『선물』은 우화를 통해 현대인의 마음을 어루만진 그의 대표작이기도 하다. 그의 세계적인 베스트셀러 우화 『누가 내 치즈를 옮겼을까?』에 이어 두 번째 이야기로 치즈를 도둑맞고 실망과 좌절을 겪고 다시 약점을 알고 변화에 잘 대처하는 생쥐를 이야기하는 전작과 달리, 『선물』에서는 주인공 소년이 '세상에서 가장 소중한 선물'을 찾는 여정을 그리고 있다.

책의 원제는 『The Present』다. 'Present'의 사전적 의미는 '선물'과 '현재'로 작가는 무심코 지나가기 쉬운 단어에서도 보물찾기처럼 해답을 숨겨 놓은 듯 선물 같은 현재를 보여준다.

한 아이가 지혜로운 노인으로부터 "세상에서 가장 소중한 선물"에 대한 이야기를 듣고 배우게 되면서부터 이야기는 시작된다. 그건 현재, 과거, 미래에 관한 이야기, 결국 행복에 대한 이야기였다. 성공이라는 결과보다 시행착오라는 숱한 과정 속에서 선물과 같은 행복을 발견하는 것이다. 인생을 살면서 성공과 행복에 대한 생각을 끝도 없이 하게 되는데…. 이야기 속에서도 수수께끼를 풀어나가듯 소년은 지혜로운 노인에게 얘기를 진지하게 듣고 문제를 해결한다. 성장하면서 직면하는 문제들에 스스로 질문을 던지고 해답을 듣고 생각하는 모습이 흥미롭다.

저자는 현재, 바로 지금 이 순간을 제대로 살라고 한다.

왠지 행복했습니다. 저도 모르게 과거에 일어난 일들을 생각하지 않고 있더라고요. 또 앞으로 일어날 일들도 전혀 염려하지 않고요. 그러자 갑자기 깨달음이 찾아왔습니다. 우리가 스스로 찾아야 하는 선물은 바로 그것이었습니다. 현재의 순간 말이에요.

– p. 47~48

하지만 현재가 아주 고통스럽다면 어떻게 해야 하는지 묻는 질문에 노인은 그저 왔다가 갈 뿐이라고 답한다.

고통이란 현재 상태와 우리가 바라는 상태의 차이일 따름일세. 다른 모든 것들처럼 현재의 고통 역시 계속해서 변하지. 그저 왔다가 갈 뿐이야. 완전히 현재 속에 사는 데도 고통을 느끼고, 그리고 그 때문에 좌절한다면, 그때는 무엇이 옳은지부터 생각해보고 그에 따라 행동하면 될 걸세.

— p. 51

　또한 저자는 과거에서 배우라고 한다. 과거를 바꿀 수는 없다. 하지만 과거에서 배울 수는 있다. 다시 똑같은 상황이 벌어지면 우리는 다르게 행동할 수 있고 더 즐겁게 현재를 살 수 있다.

　더불어 멋진 미래의 계획을 세울 것을 강조한다. 누구도 미래를 통제하거나 예측할 수는 없다. 그러나 앞으로 원하는 것에 더 많은 계획을 세울수록 현재의 걱정과 불안이 줄어든다. 그리고 미래를 더 잘 알 수 있다.

　하지만 이것으로 그쳐서는 안 된다. 현재에서 살기, 과거에서 배우기, 그리고 미래를 계획하기만으로 충분치가 않다. 우리의 삶에 "소명"이 있을 때만 그 모든 것이 의미가 있다. 우리가 소명을 갖고 일을 하고 살아갈 때 그리고 바로 지금 중요한 것에 집중하고 몰두할 때 우리는 더 잘 이끌고, 관리하고, 지원하고, 친구가 되고, 사랑할 수 있다.

지혜로운 노인은 독자를 자연스럽게 능동적으로 생각하게 만든다. 우화 속에서 소년에게 적절한 시기에 인생과 성공과 행복을 깨달을 수 있도록 해줌으로써 말이다. 소년이 스스로 "지금, 이 순간"이 얼마나 소중한지를 깨닫는 순간과 같이.

거창하지 않고 문장이 화려하지도 않다. 어렵지 않은, 오래전부터 내려온 삶의 지혜를 주는 책이다. 또한 현실을 살아가는 우리에게 '행복과 성공'이라는 키워드에 초점을 맞춰 그것을 성취하기 위한, 단순하면서도 명쾌한 지도를 제시한다. 법륜스님 역시 "지금 이 순간을 살아라."고 했다. 현재에 집중하고 지금 이 순간을 살아가는 것의 중요성을 강조하고 현재를 충실히 살면 행복을 찾을 수 있고 문제 해결의 열쇠를 쥐게 된다.

마지막 대목에 나오는 어린아이처럼 지금이라도 선물을 받고 즐거워하면서 껑충껑충 뛰는 내가 되고 싶다. 너무 교훈적이고 평범한 느낌이라는 생각도 들긴 하지만, 그래도 재미있게 잘 구성된 책이며 지쳐있던 최근 생활에 행복한 오늘을 선물 받은 건 확실하다.

우리는 삶이 힘겨울 때마다 뭔가 비범하고 독특한 해법을 찾곤 하지만, 소중한 것은 언제나 평범한 데 있다는 생각을 가져본다. 현재 속에 집중하고, 과거에서 배우고, 미래를 계획하고 무엇보다 소중한 소명을 가지고 살아가면 세상에서 가장 소중한 선물 'The Present'를 받는 거라고…. "아하, 그거였지!" 라고 하면서, 절로 웃음이 나길 바라는 마음과 행복해지고 싶은 이들에게 이 책을 권한다.

박기옥의 테마 수필집 『아하』는 사랑이었다

『아하』, 박기옥, 학이사

라 은 희

프로이트의 정신분석이라는 문구에 끌리듯이 책을 구입하였다. 정신분석을 어떻게 수필에 접목하였을까를 생각하며 무한한 호기심으로 책을 펼쳤다. 나의 기대와는 다르게 아하! 그랬군! 그랬지! 번쩍 하고 프로이트에게 성큼 다가갈 것이라 생각했던 오만과 어디에서 아하?를 찾아야 하는지 많이 혼란스러웠다. 그냥 수필인데라는 생각으로 책장을 넘겼고 그러다 소소한 일상적인 이야기가 저 깊은 곳 우리의 이야기들과 닮아 있음을 보았다.

작가인 박기옥은 『아무도 모른다』, 『커피 칸타타』, 『쾌락의 이해』를 출간하였고 '김규련 문학상'과 '서정주 문학상'을 수상하였다.

작가는 환, 욕망, 상실, 아하 네 개의 구성과 그 사이 작은 이야기들로 풀어 놓았다.

환 속 「얼어붙음」에서는 어린 시절 도난 사건의 공포스러웠던 기억을 몰입이라는 아름다운 말로 사랑의 감정과 동일시하고 있었다. 작가는 왜 공포의 몰입과 사랑의 몰입을 같이 보았을까? 떨림, 불안, 긴장 등의 혼란스러운 감정들의 끝에서 오는 잠깐의 평온함 때문이었을까?

　　공포든 사랑이든 몰입은 아름답다. … 몰입은 자신을 직시하게 하고 자아의 성숙을 유도한다.

– p. 17

「삼겹살과 프로이트」에서는 프로이트의 사랑을 삼겹살에 비유를 해 놓았다. 프로이트는 꼬소하진 않다. 그러나 글 한 줄의 떨림은 사랑의 흔적은 아닐지 생각해 보았다.

인간의 영혼은 유리알처럼 예민하여 눈길 한 번, 글 한 줄
에도 떨림을 경험하고 마침내 부서지기도 하는가 보았다.

- p. 36

「첫사랑」에서 첫사랑은 환상 그 자체일 때가 아름답
다고 모든 이들이 말한다. 그 사랑은 애틋한 그리움으
로, 굳어버린 화석으로, 깨기가 버거운 돌·덩·어·리는
아닐는지, 감추며 그리워할 때의 사랑으로, 비밀스럽게
간직하는 것으로, 작가는 무지개라고 말하였다. 지극히
공감할 수밖에 없다. 이내 사라지고 또다시 오는 소나
기에 다시금 슬쩍 기대하며 올라오는 것이 닮았다.

첫사랑은 그저 가슴 깊숙한 오지에 애틋한 그리움으로 굳
어버린 화석인지도 모른다. 삶이 외롭거나 혹은 황량할 때
환희를 느끼게 하는 무지개 같은 것일 수도 있을 것이다.

- p. 63

욕망 속「그대, 먼 별」에서는 남자와 여자의 다름으로 또 다른 사랑을 이야기하였다. 달라서 표현의 방법도 다르다고 말을 하며 비언어적인 표현과 언어적인 표현에서의 차이는 어머니의 영향이라고 하였다. 그 어머니는 엄마가 되어 우리의 표현 방법은 남자는 여자로 여자는 남자로 다르게 진화하고 있음을 본다.

산이 산으로, 강이 강으로 태어나듯이, 고래가 고래로, 장미가 장미로 태어나듯이 말이다.

– p. 108

남녀는 표현 방법도 다르다. 여자는 의사표시를 말로 하지만 남자는 몸으로 하기를 좋아한다.

– p. 110

상실 속「꽃 진 자리」에서는 이별을 이야기하고 있었다. 사랑하였지만 이별할 수밖에 없는 맛없는 이야기, 바보 같은 사랑 이야기였다. 사랑도 자신감이라 말하고 싶다. 꽃이 피고 지듯이….

꽃을 보면 피고 짐이 눈물겹다.

– p. 147

꽃의 기능에는 작별도 포함된다. 꽃들은 일제히 제 모습대로 피었다가 제 뜻대로 세상과 하직한다. … 사랑은 그렇게 왔다 가는 것이다. 꽃이 피고 지듯이.

– p. 150

아하 속「시간값」에서는 치료를 하고 난 후의 비용을 유쾌하게 표현하였다. 작가의 수많은 이야기 중에 사랑이 주는 답이 이 글에 숨어 있는 듯하였다. 사랑은 천,천,히 뽑을 수 있는 것도 아니고 천,천,히 쏘아 올릴 수 있는 것도 아니지만 뭉근하게 오래도록 끓여야 되는 것으로 보고 싶었다.

"그럼 천,천,히 뽑아 드리겠습니다." … "그렇군요. 저도 천,천,히 쏘아드릴까요~."

– p. 231

작가의 이야기 모든 시간과 공간 안에는 사랑이 있었다. 다양한 사랑이 우리에게 미치는 영향을 알고 싶은 분들에게 추천하고 싶다. 태어나기 전부터 사랑을 경험하지만 우리는 알지 못한다. 그러나, 알게 모르게 영향을 받았으며 삶에 묻어난다. 작가는 소소한 일상에 사랑을 심어 놓았다. 아끼고 소중한 마음들이라는 사전적 의미는 더 넓은 사랑의 뜻을 담아내고 있지는 않는 듯했다. 우리가 경험하고 체험하는 모든 것들에는 사랑이 있고 그 사랑은 삶의 시작과 끝은 아닐까를 생각해 볼 수 있을 것이다. 그리고 이 책을 읽는 사람의 무의식에 따른 이야기에 초점이 맞춰지는 경험도 해 볼 수 있을 것이다. 아하! 그렇군요!

식물에게서 배우는 인문학

『식물에게 배우는 인문학』, 이동고, 학이사

라 은 희

꽃과 나무에 담긴 많은 이야기는 유년에는 신비한 전설로 청년이 되었을 때는 잠시 망각하며 살다가 장년 이후에 다시 찾게 되는 신비로움을 간직하고 있다. 아카시아 나무 한 줄기에 달려 있는 잎으로 설레는 사랑 점을 쳤었고 가위 바위 보로 잎을 날리는 놀이는 웃음을 주었다. 그리고 앙상하게 남아 있던 줄기는 곱슬머리가 되어 있었다. 『식물에게 배우는 인문학』은 자잘한 추억과 미처 알지 못했던 감성을 자극하는 이야기들이 담겨 있다.

저자인 이동고는 경남 합천 출신으로 도시 속에서 자연을 그리워하며 울산 태화강 민물고기 조사 활동과 전시를 통해 환경의 중요성을 알았다고 한다. 기청산 식물원에 근무하며 식물원에 오는 사람들을 만나면서 자연환경에 인간이 끼치는 영향에 대해 생각하게 되고 현재는 지구 생태계를 살리는 일에 동참하며 사람들에게 알리는 일을 하고 있다. 이 책의 사진도 저자인 이동고가 찍었다.

『식물에게 배우는 인문학』은 1부 식물을 안다는 것, 2부 자연과 닮은 조경문화를 꿈꾸다, 3부 텃밭과 먹거리, 4부 식물의 신비로움, 5부 식물로부터 배우는 인문학으로 나눠져 있다.

저자는 자연을 이해하고 친해지는 데 있어 식물은 근본이자 기초가 되는 존재라고 하였다(p. 17). 인간이 가진 원래의 선한 마음을 되찾을 수 있도록 자연과 더불어 생생한 경험을 통해 자연스러운 성장을 해나가기, 그리하여 마침내 인간 본성을 되찾기를 바란다고 루소의 말을 인용해 전한다(p. 18).

나무와 사람이 느끼는 시간은 다르고, 나무와 사람이 느끼는 감각도 다르다. 그 많은 이파리가 바람에 흔들리거나 애벌레에 갉아 먹히거나 나뭇가지에 앉은 새 한 마리 감각을 사람처럼 느낀다면 몸이 간질간질해서 한시도 가만히 있질 못할 것이다(p. 67).

꽃이란 사람들이 자주 보며 사진에 담고 싶어 하고 또 많이 접할수록 친근감을 느끼게 된다(p. 74). 꽃을 피우는 순간 아련한 감동이 찾아온다. 곧 꽃도 시들고 열매가 익어가고 무성하던 잎들도 말라 들어가는 것을 보는 것도 삶의 일부분이다. 이 과정도 음미하고 해석하는 것이 인문적인 시각이고 정체성을 회복하는 것이다 (p. 78).

식물은 우리의 감정을 절약하게 하는 힘이 있다. 아름다웠던 잔상을 오래도록 남게 하지만 곧 회복되어 같은 모습 다른 꽃으로 우리들 앞에 다시 서 있기 때문이다.

「지진을 감지하는 식물」에서는 소리 지르지 못하고 움직이지 않지만 식물들도 지진을 예측한다고 한다. 제

철도 아닌데 식물이 갑자기 꽃을 피운다거나 미모사가 밤도 아닌데 잎을 접는 현상을 보인다는 것이다(p. 176). 식물에 있어서 청각이 있느냐 어떠냐에 대한 논란 대상이 되는 건 사실이다. 전통적인 시각에서도 벼는 농부 발소리를 듣고 자란다는 말이 있듯이 어느 농부는 아침마다 논에 가 벼들아, 잘 잤니? 를 외치며 논둑에서 벼들을 쓰다듬어 준다고 했다(p. 181).

식물도 감정을 이해한다는 것에 동의하는 부분이다. 식물에 물만 주고 관심을 주지 않으면 그 맛나는 물도 독이 되어 사라지게 한다는 것을 여러 번 겪었던 터였다.

언제나 같이 있을 수 있는 존재로 이제 식물은 반려식물이라는 지위까지 획득하게 된다. 조금만 신경 쓰면 동물보다 더 묵묵히 같이할 수 있는 존재로, 짐짓 꾸며 애쓰지 않아도 그냥 내 곁을 지켜주는 도반처럼 믿음이 간다(p. 208).

야생생명체와 교감을 상실한 현대인들은 그 본질상 내적으로나 외적으로 깊은 상처를 입었다. 모든 생명들과 정서적 유대감을 느끼거나 나누지 못하게 되자 지구 위 더 많은 생명체에 대해 관심을 기울이지 못하게 되었다. 환경은 더 황폐해지고, 우리 내면도 더 삭막해졌다. 인간은 스스로 문제를 해결하는 독립적이고 주체적인 인간을 칭송하지만 그가 얻은 용기와 위안마저도 끈기 있게 오른 야생의 산이며 자연의 숲으로부터 받은 경우가 많다(p. 247).

이처럼 정서적 유대를 잃은 우리들에게 저자는 자연은 우리와 함께라고 이야기한다. 식물과 교감할 때 힘을 얻을 수 있는 것은 동물과는 다르게 감정소비를 덜해도 되는 부분이 아닐까 생각해 본다. 식물이 주는 안정감일 것이다. 잊고 지내다가 고향처럼 다시 찾게 되는 것임을 이 책을 통해 다시금 상기하게 된다.

이 책의 식물 이야기는 고개를 끄덕이며 익숙하게 와닿는 것이 약점이겠다 싶지만 식물에 숨겨져 있었던 미처 알지 못했던 이야기는 이 책의 강점이다. 사진이 여백을 다 채웠으면 어떠했을까 싶다. 식물은 모든 생명의 근본이자 기초가 되는 것으로 우리의 본능을 자극한다. 식물이 품고 있는 작은 이야기에 공감받고 싶거나 유년 시절 할머니가 들려주던 동화의 추억을 되새김질하고 싶은 모든 사람들에게 추천하고 싶다. 식물은 나이고 우리임을 알게 하는 책이다.

세상에서 없어져야 할 책

『납작하고 투명한 사람들』, 백세희, 호밀밭

박 선 아

여기 아무개 씨가 있다. 아무개 씨는 서울 출신인 젊은 성인 남성이다. 대대로 한국 사람이며 이성애자, 비장애인, 정규직 근로자이기도 하다. 이런 아무개 씨는 대한민국 대표 주류 인간으로 대부분의 대중문화콘텐츠, 말하자면 영화나 드라마, 웹툰 등을 불편함 없이 즐길 수 있다.

그 밖에 누리는 모든 혜택과 편의도 그에게는 특권이 아닌 당연한 일이다. 미디어에서 비추는 비주류는 아무개 씨와 아무런 상관도 없다. 잠깐 관심을 가졌다가도 채널을 돌리면 금세 잊는다. 하지만 그 옆에 변호사가 한 명 앉는다면 이야기가 달라진다.

백세희 작가는 이화여대 법학과를 졸업한 변호사로 현재 법률사무소에서 일하며 대중들이 문화예술과 법의 관계를 쉽게 이해할 수 있는 글을 써오고 있다. 전작 『선녀와 인어공주가 변호사를 만난다면』은 대중문화예술 분야에서 찾아볼 수 있는 법적 궁금증을 전문적으로 풀어내며 작품을 감상하는 새로운 관점을 제시하였다.

전작이 포괄적인 궁금증을 다루었다면 『납작하고 투명한 사람들』에서는 미디어에서 천편일률적으로 묘사되거나 아예 언급조차 되지 않는 비주류에 주목하였다. 일상적으로 접하는 콘텐츠에서 소수자 인권에 대한 담론을 끌어낸 것이다. 저자는 이 책을 "'웃자고 한 농담에 죽자고 달려드는' 그런 종류의 저작"이라 평한다. 대중문화콘텐츠 속 소수자에 대한 편견과 차별을 법조인의 시각으로 해석하고 지적하며 기존의 관점에 균열을 일으키고자 한 책이다.

책에서는 주류 인간 아무개 씨의 편견 어린 시선을

바탕으로 서울중심주의를 지적하고, 미디어가 정형화한 '틀'에서 벗어난 어린이, 청소년, 노인이 혐오의 대상이 되고 있음을 밝힌다. 이주 외국인, 여성, 장애인, 비정규직 근로자, 성소수자 등 매체에서 한정된 이미지로만 소비되는 이들의 다양한 면모도 보여준다.

대놓고 발달장애인을 희화화하거나 부정적으로 묘사하는 콘텐츠는 눈에 띄게 줄어들었다. 이제 발달장애인은 순수한 아이 같은 사람, 어머니의 희생, 감동 서사, 천재적인 능력 등 일견 긍정적으로 보일 수 있는 이미지로 정형화되고 있다. 발달장애인은 한 덩어리로 묶일 수 있는 균질한 집단이 아니다. 착한 동네 바보 형과 하늘이 내려준 천재의 전후좌우에는 무수히 많은 사람이 살고 있다.

– 5장, '순수한 동네 바보 형일까, 하늘이 내린 천재일까' 중에서

발달장애인 중 특정 분야에서 천재성을 보이는 서번트신드롬은 전형적인 창작의 소재로 쓰인다. 2019년 개봉한 영화 〈증언〉은 자폐 스펙트럼 장애를 가진 '지우'가 살인사건의 유일한 목격자가 되어 놀라운 청각적 능

력과 기억력으로 편견을 깨고 진실을 증언하는 내용을
다루었다.

언론에서는 '자폐성 장애인도 증인이 될 수 있는가'
를 헤드라인으로 내세웠다. 저자는 언론의 차별적인 시
선을 지적하며 법원에서는 진술 자체의 신빙성만을 판
단하므로 놀라운 능력이 없더라도, 장애가 있더라도 증
언에 문제가 되지 않음을 형사소송법 제146조[(증인의 자
격) 법원은 법률에 다른 규정이 없으면 누구든지 증인으로 신문할
수 있다.]를 들어 설명한다.

2022년 8월, 높은 시청률로 종영한 드라마 〈이상한
변호사 우영우〉도 자폐 스펙트럼 장애이며 천재적인 기
억력을 가진 변호사를 주인공으로 내세웠다. 장애를 가
진 이들을 대하는 편견 어린 시선과 태도 외에 동성애
자, 탈북민 등 다른 소수자들의 이야기도 다뤄 사회적
논의를 활발하게 만들었다는 점은 긍정적이다.

하지만 '지우'나 '우영우', 2013년 방영된 드라마
〈굿닥터〉의 주인공 '박시온' 모두 서번트신드롬에 해
당한다. 미디어에서 장애를 다루는 경우는 소수고, 발달

장애인 중 서번트신드롬인 사람은 더 소수다. 한 측면만을 강조하는 콘텐츠가 반복되면, 현실에서 그 기준에 부합하지 않는 수많은 사람들의 존재 자체가 지워지고 또 다른 편견이 생기기 쉽다. 실제로 드라마 방영 후 발달장애인에게 무슨 능력을 가지고 있는지 물어보는 경우도 생겼다.

이는 비단 장애인만의 문제는 아니다. 책을 넘기다 보면 다양한 소수자가 충분히 입체적으로 비치고 있지 않다는 것을 인지하게 된다. 미디어는 때론 재미, 때론 편의 때문에 혐오를 양산한다. 『납작하고 투명한 사람들』은 비주류 중의 주류, 미디어에서 납작하게나마 다뤄지는 사람들의 이야기이다. 이 책에서 언급조차 하지 못한 투명한 이들도 분명 존재한다. 당연함을 당연하게 여기지 않는 비판적인 시선으로 대중문화를 소비하고자 한다면 염두에 두어야 할 부분이다.

모든 면에서 완전히 주류인 사람의 숫자가 적은 것처럼 모든 면에서 전부 비주류인 사람도 드물다. … 소수자 개념은 이렇게 상대적이고 가변적이다. 하지만 혐오와 차별이 하나의 '문화'가 되어 버린다면 그 변화의 속도는 더딜 수밖에 없다. 평생을 낙인찍힌 채로 살아가야 하는 사람들이 생기는 셈이다. 그 문화도 결국에는 바뀔 수 있다. 균열은 바로 독자들로부터 시작된다.

– '나가는 말' 중에서

기후 변화에 대한 위기감으로 채식주의자가 된 지 일 년이 조금 넘었지만, 채식주의자로서의 삶이 편견으로부터 자유롭지 않다는 것을 체감하기에는 충분한 시간이었다. 가부장제 중심의 서울 공화국에서 지방 여성으로 살아가며 비주류로 사는 데 제법 통달했다는 착각은 새로운 비주류 꼬리표를 단 순간 깨졌다. 그 균열을 시작으로 그동안 눈치채지 못했던, 다른 납작하고 투명한 이들의 목소리에도 귀 기울이고자 펼친 책이었다.

저자와 편집자는 책에 필요한 자료를 찾으며 소수자 인권이 과거에 비해 개선되었다는 인식이 편협하고 오만한 생각이었음을 깨닫게 되었다고 말한다. 과거에는 투박하고 노골적이었다면, 최근에는 좀 더 교묘한 방식으로 소수자에 대한 편견과 혐오를 재생산하고 있었다는 것이다. 분명 나아진 것 같으나 여전히 대중문화콘텐츠에서 미묘한 불편함이 느껴져 답답했다면 이 책에서 그 이유를 찾을 수 있다. '아는 만큼 보이는 데' 기여하기 위해 쓰인 책이니 말이다.

우리 모두 어느 한 부분은 투명하고 납작하다. 그렇기에 『납작하고 투명한 사람들』은 누구나 읽어야 할 책이고, 세상에서 없어져야 할 책이다. 비주류 여성이 쓰고, 비주류 지방 출판사에서 나온 비주류들의 이야기 위에 그들처럼 납작하고 투명한 나를 하나 얹는다. 그 위에 이 책을 읽은 이들이 하나둘 쌓이기를, 그렇게 쌓인 모두가 저마다의 색과 모양으로 선명히 빛나 이 책이 쓸모없어지는 세상이 하루빨리 오길 바라며.

스포일러 주의?

『물고기는 존재하지 않는다』, 룰루 밀러, 곰출판

박 선 아

넷플릭스, 유튜브, 디즈니+, 애플tv, 아마존 프라임 비디오, 티빙, 왓챠, 웨이브, 쿠팡플레이, 시즌까지, 국내외를 가리지 않고 나열하자면 끝도 없다. 바야흐로 OTT(Over The Top, 셋톱박스를 넘어 개방된 인터넷에서 방송 프로그램, 영화 등 동영상을 제공하는 서비스) 전성시대라 할 수 있다. 대부분 유료 서비스인 데다가 여기선 이 드라마, 저기선 저 영화, 거기선 그 예능이 올라오는 탓에 일일이 찾아보기도 힘든 일이 되었다. 이런 사람들의 번거로움을 해소해 주고자 나선 관대한 OTT가 있으니, 바로 유튜브다.

몇 시간짜리 영화며 몇십 시간짜리 드라마 내용을 압축 정리해 올라오는 영상은 OTT 서비스에 대한 관심만큼이나 높은 조회수를 자랑한다. 짧은 콘텐츠에 익숙한 소비자를 위해 본방송이 끝나자마자 몇 분짜리 하이라이트 영상도 올라온다. 섬네일에 본의 아니게 스포일러당해 김이 새 버린 적도 있다.

주인공의 사연, 등장인물 간 관계, 충격 반전에 감동적인 결말, 핵심만 정리된 요약본을 보면 한 편 다 봤다는 기분이 든다. 어쩌면 서평 역시 그렇게 느껴질지도 모르겠다. 책 내용을 말하지 않고서 그 책에 대해 평할 수는 없는 노릇이니 말이다. 하지만 요약본이나 서평을 본 것만으로 그 작품을 안다고 말할 수 있을까?

이 질문에 답하기 위해 한 아이의 이야기를 요약해 본다. 일곱 살쯤 된 어린아이가 질문한다. "인생의 의미가 뭐예요?" 생화학자인 아버지는 씩 웃는 얼굴로 통보한다. "의미는 없어!" 혼돈만이 우연히 우리를 만든 것이자 언제라도 우리를 파괴할 힘이라는 것. 우리는 중요하지 않다, 이 말은 아버지를 의미에 얽매이지 않고 자유롭게 살도록 이끌었지만 룰루 밀러에게는 다른 효과를 냈다.

어린 나이에 인생의 의미를 스포일러당한 룰루 밀러는 자살 시도, 충동적인 일탈로 인한 연인과의 이별 등 자기파괴와 상실을 거쳐 데이비드 스타 조던의 행적에 몰두하기 시작한다. 분류학자로 평생 어류 종에 이름을 붙였으며, 지진으로 표본이 담긴 유리병이 모두 깨져 버리자 표본의 피부에 이름표를 꿰매 버린 질서의 수호자다.

밀러는 조던의 삶을 따라가다 보면 엉망이 된 인생에서 질서를 찾을 수 있을지도 모른다는 희망을 가졌다. 하지만 이 책은 제목에 중요한 스포일러를 담고 있다. 물고기는 존재하지 않는다. 즉, 어류라는 종 분류가 아예 존재하지 않는다는 것이다. 생물의 계층구조에 대한 믿음을 놓을 수 없던 분류학자가 진실을 기만하면서 이야기는 완전히 새로운 방향으로 향한다.

동식물을 사다리 위에 분류하는 행위가 무의미하다

는 수많은 증거에도 불구하고 조던은 그 믿음을 고수했다. 진실보다 "바다와 별들과 현기증 나는 그의 인생을 휘몰아가는, 소용돌이치는 늪을 깔끔하고 빛나는 질서로 바"꾸는 게 더 중요했기 때문이었다. 룰루 밀러가 갈망했던 바로 그 질서였다. 그렇게 열광적인 우생학자가 된 조던은 그가 생각하기에 중요하지 않은, 사다리의 아래 칸에 있다고 여기는 이들의 강제 불임화를 합법화시키는 데 힘썼다.

조던의 삶을 뒤쫓던 밀러는 수용소 출신 애나와 메리를 만난다. 강제 불임화 수술을 당한 애나는 메리와 함께 살며 우생학자들이 그녀가 누릴 자격이 없다고 생각한 모든 것들을 인생에서 펼쳐 나가고 있었다. 서로 가라앉지 않도록 받쳐 주는 작은 그물망, 그날 애나와 메리가 함께하는 거실에서 마주한 광경은 밀러에게 깨달음을 주었다. '우리는 중요하지 않아', 그것은 무한히 많은 관점 중 단 하나의 관점일 뿐이었다. 긴 여정의 끝에 저자가 찾아낸 답은 '우리가 중요하다는 말은 거짓말이 아니라, 자연을 더욱 정확하게 바라보는 방식'

이라는 것이었다.

　이것이 바로 다윈이 독자들에게 그토록 열심히 인식시키고자 애썼던 관점이다. 자연에서 생물의 지위를 매기는 단 하나의 방법이란 결코 존재하지 않는다는 것. 하나의 계층구조에 매달리는 것은 더 큰 그림을, 자연의, '생명의 전체 조직'의 복잡다단한 진실을 놓치는 일이다. 좋은 과학이 할 일은 우리가 자연에 '편리하게' 그어놓은 선들 너머를 보려고 노력하는 것, 당신이 응시하는 모든 생물에게는 당신이 결코 이해하지 못할 복합성이 있다는 사실을 아는 것이다.

－ p. 227

　이 책은 단순히 분류학자 조던의 전기로 끝나지 않는다. 그가 해내지 못한 일을 저자는 해냈기 때문이다. 밀러는 진리의 불확실성, 죽음 이면의 삶, 부패 이면의 성장을 보았다. 산사태처럼 닥쳐오는 혼돈 속에서 모든 대상을 호기심과 의심으로 검토하자 혼돈은 저자에게 희망을 약속했다.

내가 물고기를 포기했을 때 나는, 마침내, 내가 줄곧 찾고 있었던 것을 얻었다. 하나의 주문과 하나의 속임수, 바로 희망에 대한 처방이다. 나는 좋은 것들이 기다리고 있다는 약속을 얻었다. … 파괴와 상실과 마찬가지로 좋은 것들 역시 혼돈의 일부이기 때문이다.

– p. 200

룰루 밀러는 과학 전문 기자로 방송계의 퓰리쳐상인 피버디상을 수상하였으며 15년 넘게 미국공영라디오방송국에서 일했다. 논픽션 『물고기는 존재하지 않는다』는 그런 이력을 증명하듯 탄탄한 구성과 자료, 예상하기 힘든 전개로 독자를 몰입시킨다. 전기이자 회고록이자 과학적 모험담이라는 소개처럼 혼돈에 맞서려 한 분류학자의 전기인 동시에 저자가 혼돈을 대하는 방법을 깨닫는 자서전이다.

스포일러는 내용을 미리 알려 보는 재미를 크게 떨어트리는 말이나 글을 말한다. 하지만 들어서 아는 것과 직접 경험하는 것은 다르다. 인생은 무의미하고 우리는 중요하지 않다는 아버지의 말을 믿고 밀러는 자신만의 의미를 찾았다.

저자는 "우리가 세상을 더 오래 검토할수록 세상은 더 이상한 곳으로 밝혀질 것"이라 말한다. 물고기는 존재하지 않고, 해왕성에서는 다이아몬드 비가 내린다. 요약본에선 언급조차 되지 않은 대사가 인생의 좌우명이 될 수도 있고, 하이라이트 영상이 담지 못한 잔잔한 순간의 배경음악이 영감을 불러일으킬 수도 있다.

중요한 내용을 미리 알고 본 영화도 놀랄 부분이 남아 있었다. 이미 반전을 아는 드라마를 보면서도 눈물이 나왔다. 이 책의 재미도 여전히 남아 있다. 룰루 밀러처럼 자신만의 답을 찾을 수 있을지, 이 서평이 책에서 어떤 빛나는 부분을 놓쳤을지 호기심과 의심으로 펼쳐보길 바란다. 물고기는 존재하지 않는다. 당신에게는 어떤 의미인가?

눈으로 볼 수 있는 것을 잃어버렸으니, 다른 것을 만들어야 해

『말하는 보르헤스』, 호르헤 루이스 보르헤스, 민음사

박 소 윤

보르헤스에게 책은 삶이다. 책은 그를 '보르헤스'로 빛나게 하며, 동시에 그가 존재하는 기쁨을 느끼게 한다. "불행은 작가에게 주어지는 도구 가운데 하나"(p. 89)라고 말할 수 있는 것도 어쩌면 눈으로 보는 것보다 마음으로 볼 수 있는 것들을 발견했기 때문인지도 모른다.

아르헨티나의 소설가이자 시인인 보르헤스는 30대부터 거의 실명 상태가 된다. 어린 시절부터 서서히 눈이 안 보이게 될 것을 알게 된 보르헤스는 80만 권의 장서를 읽으면서 많은 생각들을 접하게 된다.

『말하는 보르헤스』는 그가 벨그라노 대학에서 진행한 다섯 개의 특강(1979년)과 부에노스아이레스 콜리세오 극장에서 강연한 일곱 개의 강의(1977년)를 책으로 엮은 것이다. 주제는 '시간이 지날수록 자신과 더욱 밀접한 관계에 있게 된 것'이다. 총 12개의 주제를 다루지만, 모두 하나로 향한다. 바로 독서와 책이다.

시간이 지날수록 나와 더욱 밀접한 관계에 있게 된 것들은 무엇일까. 아무 이유 없이 하나의 도구로 가까워지는 경우도 있다. 책도 그런 도구 중에 하나다. 책으로 가까워지는 경우는 보르헤스에게도 해당된다.

『말하는 보르헤스』에서 보르헤스는 자신을 드러내는 글쓰기가 어떤 것인지 보여준다. 책을 읽으면서 몰랐거나 혹은 숨겨진 '나의 목소리'가 있었나 생각해 보게 한다. 가령 나는 어떤 주제를 더 좋아하고, 어떤 것에는 두려움을 느끼며, '내 인생의 책'이라고 할 만한 것은 어떤 것인지 돌아보게 된다.

보르헤스에게 그런 책은 아마도 『신곡』이 아닐까 싶

다. 그의 다른 책과 강연에서 부단히 회자되는 단테의 『신곡』은 언어의 미학적 가치로 볼 때 단연코 최고에 위치할 책이다. 보르헤스는 레오폴드 루고네스의 소네트 중 하나인 「복 받은 영혼」의 첫 구절을 보며 아마도 단테의 『신곡』을 떠올렸을 것이다.

> 그날 오후가 반쯤 지나갔을 때
> 내가 일상적인 작별 인사를 하러 갔을 때,
> 당신을 버려둔다는 막연한 당혹감이
> 바로 내가 당신을 사랑한다는 것을 알게 해 주었소.

　레오폴드 루고네스의 소네트를 보며 보르헤스는 두 사람이 사랑하고 있지만, 서로 사랑하는 사이인지 잊었을 것이라 확신한다. '서로 사랑하는 마음을 잊었다'니 참 생소한 표현이다. 금방 보고 왔지만 사랑하는 이와의 '헤어짐'을 '버려둠'으로 해석한 보르헤스는 둘이 함께 있지 못하는 것이 지옥에 떨어지는 것보다 더 괴로운 것으로 해석하고 있다. 이는 『신곡』 「지옥편」의 파올로와 프란체스카의 사랑과 같다. 파올로와 프란체

스카는 서로 사랑한 죄로 지옥으로 떨어져 고통받고 있지만 둘은 함께다. 반면에, 그 작품을 쓴 단테는 자신이 사랑했던 여인인 베아트리체의 사랑을 얻지 못하고 괴로워했다. 보르헤스는 사랑하는 사람의 얼굴을 보지 못했다. 사랑을 마음으로만 느껴야 하는 보르헤스 자신의 감정이 이입된 건 아닐까 싶다. 결국 지옥은 공간이 아니라 어떤 상태이기 때문이다.

중요한 것은 역시나 '작가의 목소리'다. 누군가에는 '작가의 목소리'가 들리고 어떤 이에게는 그 '목소리'가 들리지 않는다. 그건 바로 보르헤스가 여러 번 언급한 '헤라클레이토스의 강' 때문이다. 누구도 똑같은 강물에 몸을 두 번 담그지 못한다. 같은 책이라도 '어떤 때의 나'는 다른 부분을 본다. 어떤 경험을 하고 어떤 생각을 하는지에 따라 책은 전혀 다른 책이 된다. 보르헤스가 얼마나 『신곡』을 사랑했는지 언급한 부분이 있다.

신곡은 우리 모두가 읽어야 하는 책입니다. 그걸 읽지 않는다는 것은 문학이 우리에게 줄 수 있는 가장 커다란 선물을 박탈당하는 것이며, 이상한 금욕주의에 굴복하는 것과 같습니다.

책에서 보르헤스는 지적인 성실성을 끝까지 유지하는 진정한 지성인의 면모를 보여준다. 보르헤스가 특별히 아끼고 사랑했던 책 『신곡』은 수많은 작가들에게 영감의 보고가 된다. 「연옥편」의 피아 이야기에서 영감을 얻은 서머싯 몸이 『인생의 베일』이라는 명작을 남긴 것도 어쩌면 불행하다고 생각한 지옥에서 사랑을 발견했기 때문은 아닐까. 이 책의 많은 부분이 놀랍고 멋지지만 마지막 장 「실명」 부분에서 보르헤스의 진정성이 보인다.

이제 내가 그토록 사랑했던 눈으로 볼 수 있는 세상을 잃어버렸으니, 다른 것을 만들어야 해. 나는 미래를 만들어야 해. 내가 정말로 잃어버린 가시적인 세상을 이어받을 미래를 말이야.

- p. 267

눈이 보이지 않는 작가들의 모습을, 그들의 삶을 소개하는 곳에서 진짜 보르헤스를 보게 될 것이다.

끝으로 2부의 다섯 번째 주제인 「시」 부분에 인용된 17세기 앙겔루스 실레지우스의 시 한 편을 소개한다.

> 장미에게는 어떤 이유도 없다. 그저 꽃이 피기에 꽃을 피울 뿐.

장미가 꽃을 피우는 데는 이유가 없다. 자연의 섭리다. 책은 어떤 목적에서 읽어야 하는 것이라기보다는 물이 아래로 흐르듯 자연스러운 것이다. 어떤 책은 표지가 예뻐서 읽고, 어떤 것은 첫 문단이 매력적이라 보게 된다. 그저 이유 없이 끝까지 읽다 보면 좋아지는 책도 있고, 마지막 장을 덮을 때 내 안에 꼬깃꼬깃 숨겨두었던 비밀이 살포시 고개를 드는 책도 있다. 어떤 책을 읽는지는 곧 그 사람이다.

사랑은 선착순이다

『위대한 개츠비』, 피츠 제럴드, 민음사

박 소 윤

사랑에 빠진 사람의 이야기만큼 흥미로운 주제가 있을까. 게다가 끝이 보장되지 않는 사랑에 몰입하고, 그에 따른 헌신, 또 이어지는 몰락 이야기라면 어떨까. 사실 사랑만큼 식상한 주제는 없다. 그런 흔하디흔한 주제로 이렇게 몰입하게 만든 건 개츠비 때문이다.

피츠 제럴드의 소설 『위대한 개츠비』의 배경은 1920년대 미국이다. 미국 경제의 가장 전성기였던 1920년대는 그야말로 위대한 미국, 그 자체다. 무엇을 하든 great(위대한)를 붙일 만하다는 뜻이다. 개츠비라는 한 남자는 자신이 예전에 사랑했던 한 여인의 사랑을 얻기 위해 애처로울 정도로 사랑에 몰입한다. 그 사랑을 잃지 않으려고 고군분투하는 모습과, 사랑을 얻기 위해 어떤 위험도 감수해 내는 일련의 광적인 행동을 지켜보게 만든다.

'위대한'이라는 단어가 경우에 따라서 얼마나 감상적이며, 때로 어떻게나 폭력적일 수 있는지 잘 보여준다. 개츠비가 사는 곳은 뉴욕의 허드슨강을 사이에 두고 중심부와 주변부로 나뉜다. 데이지는 뉴욕의 중심부에 사는 최상류층 여자다. 개츠비가 단순히 데이지의 마음을 얻고자 그 많은 노력을 한 것 같지만, 실은 개츠비는 개츠비 자신의 위대함을 증명해 내고 싶었는지도 모른다. 철저히 개츠비식으로.

삶을 송두리째 저당잡힐 만큼 '위대한' 에너지. 그 에너지를 만들어낸 데이지라는 여자가 그토록 아름답게 보이는 이유 또한 그녀가 가진 에너지 때문은 아닐까. 무엇을 '위대한' 것으로 볼지는 아무도 결정할 수 없다. 다만 책을 읽는 이가 어떤 곳에서 자신의 '열정'

을 빼앗겼는지 기억한다면, 그곳이 바로 개츠비의 '위대함'이 아닐까.

데이지의 출신 성분, 눈빛과 말투, 사랑하는 남자가 있음에도 그 남자가 자신이 생각하는 기준에 합당하지 않자, 곧바로 자신의 욕구를 충족할 수 있는 남자를 찾아 결혼한 일. 결혼했음에도 여전히 매력을 유지하는 일. 긴 시간이 지났음에도 개츠비를 알아본 일. 개츠비의 유혹에, 그것도 폭발적인 유혹에 완벽하게 속물적으로 유혹당해 준 일. 마음을 얻은 줄 알았던 개츠비를 가차 없이 무너뜨리고 자신의 성으로 다시 돌아가지만, 그 마음을 돌릴 수 없게 만드는 일. 그런 모든 일들은 결국 데이지가 데이지의 위치와 상황에 있기에 가능한 일이다.

그런 데이지였기 때문에 개츠비가 그토록 열망하고 또 열망한 것 아닐까? 인간의 마음이란 재화가 없을 때는 물질적 욕구를 탐하지만, 일단 그것이 충족되고 나면 사랑하는 누군가와 행복감을 느끼고 싶은 강한 욕구가 생겨난다. 내게 사랑을 심어주었던 혹은 내가 사랑을 주었던 대상에게 인정을 받는 일이야말로 살아가는 의미 자체일 수 있다.

그런 의미에서 보면 개츠비에게 데이지는 그저 사랑하는 여인이 아니라 개츠비가 개츠비다울 수 있게 만든 그 자체이자 인프라 혹은 개츠비의 세계에 포함시키고 싶은 대상이다. 개츠비에게는 자신을 믿어주고 사랑했던 가족이 남아있지 않은 상태다. 그렇기에 오히려 개츠비에게는 데이지가 절대적 구원의 대상이 될 수 있다. 인간은 누구든 사랑을 주고, 또 그 사랑에 보답할 무언가를 기대하게 된다.

개츠비의 데이지를 향한 무모한 행동이 바로 그 이유다. 개츠비의 결핍은 그곳에 있기 때문이다. 개츠비는 자신의 결핍을 정확히 알고 있다. 반면 데이지는 그다지 큰 결핍이 없어보인다. 오히려, 삶이 무료하고 재미가 없다. 아무 곳에도, 어떤 사람에게도 빠지지 못한다. 그렇기에 오히려 저토록 한곳에 집중할 수 있는 개츠비를 염원할 수 있는지도 모른다. 데이지에게는 없는 열정이니. 개츠비 역시 데이지의 그런 성향을 잘 알고

파악하고 있다. 삶이 재미없는 여자와 삶에 집착하는 남자는 꽤 좋은 조합이 될 수 있다.

이 소설은 개츠비의 위대한 업적을 이야기함이 아니라, 살아가면서 내가 어떤 관계에 취약한지, 어떤 결핍이 나를 움직이게 했는지, 무모함도 때로는 선택이었으며, 대답 없음도 대답이라는 걸 알아가는 것이 삶이란 걸, 개츠비라는 조명을 쏘아 올려 보여준다.

개츠비는 그 초록색 불빛을, 해마다 우리 눈앞에서 뒤쪽으로 물러가고 있는 극도의 희열을 간직한 미래를 믿었다. 그것은 우리를 피해 갔지만 별로 문제 될 것은 없다. - 내일 우리는 좀 더 빨리 달릴 것이고 좀 더 멀리 팔을 뻗을 것이다. 그리하여 우리는 조류를 거스르는 배처럼 끊임없이 과거로 떠밀려 가면서도 앞으로, 앞으로 계속 나아가는 것이다.

- p. 262

각각의 삶 하나하나 '위대하지 않은' 삶이 있을까. 이 세상에 툭 내던져지듯 태어나 어떤 이를 향한 마음을 드러내고 또 갈구하고, 무너지고 쓰러지고, 그렇게 소멸되어 가는 인간의 삶을 누가 위대하지 않다고 할 수 있을까. 개츠비는 바로 우리 자신이기 때문이다. 무수히 많은 열망 속에서 저토록 애썼지만, 결국 욕망 앞에서 어쩔 수 없는 나약한 존재임을 드러내는 때는 언제일까.

이 정도면 악인가요

『시계태엽 오렌지』, 앤서니 버지스, 민음사

박 소 윤

『시계태엽 오렌지』 책장을 넘기면 셰익스피어의 「겨울 이야기」 일부가 나옵니다.

젊은것들이 열 살에서 스물세 살로 건너뛰거나, 아니면 그 세월 내내 잠만 자면 좋겠어. 왜냐하면 그 세월 내내 하는 일이라곤 계집애들을 임신시키거나, 노인들에게 행패를 부리거나, 도둑질에 싸움질이니까.

— 셰익스피어 「겨울 이야기」 중에서

단순히 책과 연관 있는 문구겠거니 여겼던 세 줄이,

책을 읽고 난 뒤에는 전혀 다른 맥락으로 읽힙니다. 그 남자가 당신의 아들이나 나 자신이라면 어떨까요. 비행청소년이니까, 이 사회에서 불필요한 존재니까 없어져야 하는 게 맞을까요. 선과 악의 잣대로 그들을 규정하려니 어딘가 모르게 불충분하다는 생각이 듭니다. 아니 그걸 넘어서 오히려 부당한 느낌이 드네요.

이렇듯 기준은 참으로 모호합니다. 기준점을 어디에 두느냐에 따라 선택과 판단은 달라집니다. 선과 악은 상황에 따라 달라집니다. 선함은 상대적으로 두드러지지 않는 반면 악함은 선에 비해 더 돌출되어 보입니다. 인간의 통치수단으로 생겨난 선과 악의 기준이 때로 인간의 삶을 위협하는 수단이 됩니다.

『시계태엽 오렌지』는 작가가 자신에게 밀어닥친 엄청난 힘에 어쩔 수 없이 굴복하게 된 일련의 사건을 겪고 난 뒤 구상한 작품입니다. 작가는 1957년 말레이반도에서 교사생활을 하던 중 암에 걸립니다. 암세포는 사람의 관점에서 보면 하등의 쓸모가 없는 존재 즉, 없애는 것이 마땅한, 아니 내가 살기 위해서는 반드시 없애야 할 대상입니다. 그러나 이렇게 막무가내로 밀어닥친 공포스러운 경험에 자율적으로 할 수 있는 일은 무엇이 있을까요. 결국 암이라는 강력한 권력에 굴복 아닌 굴복을 하게 됩니다.

책 속에 등장하는 주인공 역시 어떤 이유 없이 흔히 사회가 규정하는 악의 길로 접어듭니다. 그 이후 소용돌이처럼 밀어닥치는 다양한 종류의 악함에 노출됩니다. 감옥으로 잡혀온 청소년에게 루도비코 약물요법을 실행하게 되면 복무 기간이 줄어든다며 루도비코 실험 참여 여부를 결정하라고 할 때 참여하지 않을 수 있을까요. 그 행위가 사회적으로 미칠 파급 효과 같은 것을 생각해 볼 새도 없어요.

루도비코 요법은 약물로 범죄심리를 소멸하고자 합니다. 잔인한 장면을 소리를 죽인 채 보여주고, 그 배경 음악으로 베토벤 5번 교향곡 마지막 악장이나 9번 교향곡, 환희의 찬가를 틀어줍니다. 음악이 문학과 예술로 향하는 즐거움이 아니라, 내면의 고통을 끄집어내는 도구가 되어버립니다.

정말 고통스럽고 속이 메스꺼운 와중에 난 탁탁 꽝꽝대는 배경 음악이 바로 루드비히 판, 그것도 5번 교향곡의 마지막 악장이란 사실을 알아채고는, 미친 듯이 외쳤지.

"멈춰, 멈추라고 이 더럽고 메스꺼운 자식들아. 이건 죄악이야."

삶의 기준점을 바꾸는 일은 엄청난 각오가 필요합니다. 그러나 어린 시절 손쉽게 노출된 약물은 삶의 고통을 감쇄해 줄 것이라는 이상한 믿음을 가지게 합니다. 보통의 아이들이 학교에 다닐 동안 주인공은 우유에 약을 탄 '밀크티' 라는 걸 마십니다. 아이들이 학교에서 지식을 먹는 동안 주인공은 '밀크티' 를 마시며 규범과 질서를 잊고 생활합니다. '밀크티' 는 아이들의 마음에 스며들어 '선과 악' 의 기준을 희미하게 만듭니다.

살아가는 일은 자신이 살면서 쌓아온 선과 악의 잣대로 해석할 수밖에 없습니다. 개인의 가치기준은 사회의 규범, 국가 권력에 의해 규정되는 수동적 개념일지도 모릅니다. 이 책은 독자에게 끊임없이 질문합니다. 그래서 당신이 가지고 있는 기준은 무엇인가요. 이정도면

악惡인가요. 이런 경우는 어떤가요. 이런 말은 듣기에 얼마나 거북한가요. 당신이 이맛살을 찌푸리는 단어는 무엇인가요. 이 모든 경우가 당신의 이야기라면 당신은 어떤 선택을 할 수 있을까요. 이제 책머리말에 나오는 세 문장을 다시 보면 어떤 해석을 하게 될까요.

비뚤어지고 험악한 세상길에서

|

『채근담』, 홍자성(응명), 휴머니스트

백 무 연

　『채근담菜根譚』은 명대 말년인 약 400년 전의 사람 홍자성洪自誠(1573~1619)이 썼다. 자성은 자字이며 본명은 응명應明이다. 환초還初라는 호號를 지닌 도인으로도 알려져 있다. 젊어서는 벼슬과 공명에 몰두하였으나 세상의 숱한 고초와 시련을 겪고 만년에 초야로 스며든다. 지금의 난징南京, 진회하秦進河라는 척박한 고장에 은둔하여『채근담』저술에 몰두하였다. 유교와 불교, 그리고 도교를 아우르는 사상의 깊이를『채근담』에 남겼다. 서양에『탈무드』가 있다면 동양엔『채근담』이 있다고 할 만큼 동양 처세의 지혜를 담았다.

일본에서는 1970년대까지 '채근담 열풍'이 불었다. 전후 일본의 경제 번영과 맞물려 기업관리나 인사관리, 시장개척, 기업가의 수신 등과 같은 방면에 두루 활용되었다. 일종의 필독서로 자리매김하게 된다. 『채근담』은 중국보다 일본에서 더 광범위하게 유통되어 중국 독자들의 관심을 불러일으켰다. 그런 이유로 중국에 역전파된 독특한 경우다. 패전 후의 열패감과 무력감에 쌓인 일본인들에게 차분한 위로를 주었다. 마음관리를 해주는 『채근담』이었기에 열광적인 추앙을 받았을 것이다.

중국에서는 1980년대에 중국의 독서 분위기에 『채근담』이 중요한 의미를 지니는 것으로 평가되었다. 타이완, 홍콩에서도 상당한 관심을 보였다. 진리나 삶에 대한 느낌이나 사상을 간결하고 날카롭게 표현한 수양서다. 우리나라에서는 시인들도 번역을 한 특이한 책이다. 대표적으로 만해 한용운과 시인 조지훈의 번역본이 있다.

필자는 그중 김원중 선생의 번역본을 선택했다. "문

장이 지극한 곳에 도달하면 달리 기발함이 있는 것이 아니라 그저 꼭 들어맞을 뿐이고, 인품이 지극한 곳에 다다르면 다른 기이함이 있는 것이 아니라 그저 본래 모습이 그러할 뿐이다." (p. 168)라는 주장처럼 번역자의 내공에 따라 같은 책을 번역하는데도 결이 다르게 전달된다. 번역가 김원중 교수는 고전 한문의 응축미를 담아내면서도 아름다운 우리말의 결을 살려 원전의 품격을 잃지 않는 번역으로 정평이 나 있다. 〈교수신문〉이 선정한 최고의 번역서인 『사기열전』을 비롯해 20여 권의 주옥같은 고전을 번역했다.

『채근담』은 전집 225칙, 후집 134칙, 모두 359칙으로 구성되어 있다. 책을 전, 후집으로 나눈 특별한 기준은 없으나 대체로 전집에는 처세處卅와 섭세涉卅의 내용이 많다. 후집에는 출세出卅와 은퇴 생활의 내용이 주를 이룬다. 전집은 현실 세계에서 남과 부대끼며 겪는 문제, 즉 세상에 나아가 뭔가 이루려는 청장년에 초점이 맞춰져 있다. 험난한 세상 물정의 실상을 폭로하고 그와 같은 세상을 헤쳐 나가는 처세의 지혜를 다방면으로 제시했다.

후집은 은퇴하여 한가롭게 인생을 관조하는 노년의 인생에 초점을 맞춘다. 홍자성이 후집에서 권유한 처신의 주요한 주제는 전집에서 지향했던 '비뚤어지고 험악한 세상길'을 견디며 헤쳐 나가던 생업의 전선에서 물러나 유유자적하며 평온하게 지내는 방향을 취한다. 전집이 유가의 사유에 가깝다면 후집은 노장이나 선종의 사유에 가깝다.

목차에서 전, 후 359칙을 살펴보고 그때그때의 마음 상태에 따라 알맞은 본문을 바로 찾아보는 것도 무방한 그런 책이다. 그러나 지나치게 추상적이거나 비현실적인 낙관론을 펼치는 내용도 많다. 현실에서 동떨어진 발언 등으로 인해 웅지를 펼치려는 세대가 읽기에는 이해충돌의 측면도 다수 있다. 좌충우돌 젊은 혈기를 부려야 할 때는 꺾이지 말고 앞만 보고 돌진할 수도 있기 마련이다. 그럴 때 소박하고 욕심을 배제한 삶이 중요하다고 말하는 부분에서는 다소 거북하거나 저항심도 들 수가 있겠다.

147. 남을 탓하는 자, 자신을 반성하는 자

자신을 반성하는 사람은 일에 부딪칠 때마다 모든 일을 약으로 만들지만, 남을 탓하는 사람은 생각을 움직일 때마다 모두 창槍이 된다. 하나는 모든 선으로 향하는 길을 열고, 다른 하나는 모든 악의 근원을 파내니, 둘과의 사이는 하늘과 땅만큼이다.

[해설]

자신을 돌이켜보고 스스로 조심하는 사람은 행실이 올바르지만, 남을 탓하기만 하고 스스로를 살피지 않는 사람은 결국 자신마저 해치게 된다. 수양의 기본은 만사가 내 탓이라고 하는 마음자세에서 나온다.

– p. 218

인간의 행위에는 무한한 책임이 따른다. 좋은 습관을 갖기 위해서는 '내 책임입니다'를 많이 외칠수록 겸손해진다. 그러나 우리는 불행하게도 내 책임에 대해서는 끝도 없이 관대해진다. 반면 남을 탓하는 것에는 많은 시간을 할애하기도 한다. '모두 내 탓입니다'라는 누운 풀처럼 겸손한 단어는 인식 자체를 못 하고 있다.

자신이 위치한 곳에서 언제든지 '내 책임입니다' 라는 화두를 던질 수 있어야 한다. 매일을 반성해도 깨닫지 못할 나를 알아야 한다는 사실에 대해서 이 책은 그 길을 안내하고 있다.

자기개발 서적을 읽다가 보면 어느 책에서든지 비슷한 내용들을 가지고 저마다 해석을 달리하고 있다는 걸 알 수 있다. 그런 의미에서는 홍자성도 마찬가지가 아니었나 생각된다. 중국의 역사 속에 등장하는 여러 사상들을 집대성한 것이 『채근담』이기 때문이다. 특히 『채근담』은 동양의 철학을 아우르는 수양서로 손꼽힌다. 이 책은 수신과 처세, 인간관계, 세상만사 등에 관한 세세한 내용을 가르쳐주고 있다. 남녀노소를 막론하고 누가 읽더라도 보편적인 공감대를 형성할 수 있기 때문일 것이다.

홍자성은 쓰디쓴 나물 뿌리(채근)도 정성스럽게 가공하여 향과 맛을 내었다. 가난과 결핍을 감내하며 인생의 의미를 담았을 홍자성의 내공이 이와 같이 『채근담』에 깊이 배어 있다. 그러니 무엇보다도 청년들이 고뇌에 찬 질풍노도의 시절을 지날 때, 모든 것에 스스로의 책임감이 중요해지는 장년 시절을 지날 때, 인생을 관조하는 노년 시절을 지날 때도 마음을 다잡아 줄 마음근력은 필요한 법이다. 『채근담』은 그 순간들을 다잡아주는 마력이 있는 책이다.

언제나 손에 닿는 곳에 던져 놓았다가 마음이 힘들 때 휘리릭 넘겨보고 어느 장에서 손길이 멈출 때 딱, 그 부분이 내 마음을 토닥여줄 그런 책이다.

새로운 슈퍼휴먼의 탄생,
사피엔스의 종말은 오는가?

『사피엔스』, 유발 노아 하라리, 김영사

백 무 연

단 한 권의 책으로 일약 스타덤에 오른다. 작가 스스로 『총, 균, 쇠』의 재레드 다이아몬드에게 영감을 받았다지만 호메로스 이래 다른 작가의 글에서 창조적 자극을 받은 이가 어디 하라리뿐이겠는가. 그만큼 그의 통찰은 특별하다. 상식의 선에서 이해되던 모든 것들을 뒤집어버렸다. 그렇다고 그의 주장이 역사적으로 명확하게 증명된 것도 아니다. 그러나 독창적이고 흥미진진한 생각과 분석, 역사관은 많은 사람에게 인사이트를 제공한다. 그는 이스라엘인이지만 무신론자다.

하라리는 2011년에 거시적 관점에서의 역사적 통찰을 담은 『사피엔스』를 출간했다. 이 책이 세계적 베스트셀러가 되면서 대학가, 대중들에게 큰 반향을 불러일으켰다. 일순간에 그는 저명한 역사학자로 추앙받게 된다. 『사피엔스』는 "인류의 역사와 생물학의 관계는 무엇인가? 호모 사피엔스와 다른 동물은 본질적으로 무엇이 다른가? 역사에 하나의 정의란 진정 존재하는가? 역사의 발전에 방향성은 있는가? 역사가 전개되면서 사람들은 이전보다 정말로 행복해졌는가?"와 같은 광범위하고도 심오한 질문들과 연관되어 있다.

별볼일 없었던 유인원들이 어떻게 우리 지구의 주인이 될 수 있었을까? 『사피엔스』는 하라리의 관점에서 이 이야기들을 풀어놓은 책이다. 어떻게 10만 년 전 한 무리 원시인에서 현재 인류 문명의 지배자로 발전했는지를 이해하기 위해 과거의 사회와 생태계에 대한 연구를 진행했다. 그 결과 사피엔스의 발전은 언어와 협력, 상상력, 신념 등의 능력에 의해 가능해졌다고 주장한다. 사피엔스는 다른 동물들과는 다르게 비현실적인 개념에 대해 논의하고 공유할 수 있는 언어능력을 가지고 있다고 강조한다.

하라리는 '인지혁명'에서 호모 사피엔스를 "형제 살해범"이라고 서술하고 있다. 그것도 협력해서 조직적으로 모든 종을 멸종시킨 살인자의 후예라고 단정 짓는다. 즉, 호모 사피엔스는 다른 동물과 달리 대규모 협력을 통해 사회를 형성할 수 있는 능력을 가지지만, 동시에 내부적으로도 갈등과 폭력을 경험하며 형제를 살해하는 역사를 가지고 있다는 의미이기도 하다. 사피엔스의 탓이든 아니든, 사피엔스가 새로운 지역에 도착하자마자 그곳의 토착 인류가 멸종했다는 것은 사실이다.

뒷담화가 악의적인 능력이지만 많은 숫자가 모여 협동을 하려면 사실상 반드시 필요하다. 현대 사피엔스가 약 7만 년 전 획득한 능력은 이들로 하여금 몇 시간이고 계속해서 수다를 떨 수 있게 해주었다.

− p. 59

이 뒷담화 능력은 지어낸 이야기를 기반으로 돈, 제국, 종교 등의 사회적인 그룹을 형성한다. 인지혁명은 농업혁명과 함께 인류 역사의 매우 중요한 전환점이 되었다. 인간은 사냥과 채집에서 농업과 식량 생산으로의 전환을 통해 인구 증가와 도시화를 경험하게 되었다.

약 1만 2천 년 전에 시작된 '농업혁명'은 혁신적인 변화였다. 이전에는 주로 사냥과 채집을 통해 생존했지만, 농업혁명은 식물의 재배와 가축을 길러 식량을 생산하는 방식으로 삶의 기초를 확립하는 것을 의미한다. 그는 사피엔스가 농업혁명을 통해 거대한 사회적 변화를 이끌어냈지만, 동시에 그로 인해 얻은 혜택보다 훨씬 많은 희생과 문제를 겪었다고 주장한다. 농업혁명은 더 많은 농경과 가축사육을 위해 끊임없이 자연환경을 파괴하고 생태계를 교란, 변화시켜 왔다는 것이다.

농업혁명이 인류에게 큰 변화를 가져왔지만, 동시에 인간의 삶에 새로운 문제와 어려움을 안겨준 것도 신랄하게 지적한다.

> 농업혁명은 안락한 새 시대를 열지 못했다. 농부들은 대체
> 로 수렵채집인들보다 더욱 힘들고 불만스럽게 살았다.
>
> – p. 141

우리가 밀을 길들인 것이 아니라 밀이 우리를 길들
였다고 주장한다. 열악한 환경에서 해가 뜨고 질 때까
지 하루 종일 농사일에 매진해야 하는 사피엔스에게 농
업혁명은 덫이었다. 그는 이러한 변화를 "인류 최대의
사기극"이라고 단언한다.

인지혁명과 농협혁명을 거친 인류는 점차 규모가 커
졌고 사회가 커질수록 이를 통합할 수 있는 방법이 필요
하게 되었다. 기원전 첫 밀레니엄 동안 보편적 질서가
될 세 가지가 등장한다. 첫 번째가 화폐의 질서이고, 두
번째가 제국의 질서, 세 번째가 종교의 질서였다. 그는
인류의 역사를 이해하고 설명하기 위해 다양한 학문 분
야를 참고하며 인류의 발전과 진화를 분석했다. 인류가
상상력을 통해 비록 실제로는 존재하지 않는 개념이지
만 함께 협력하고 신뢰하는 능력을 갖추어 왔다고 주장

한다.

하라리는 유럽의 제국주의와 '과학혁명'은 자본주의의 지원 없이는 불가능하다고 한다. 500여 년 전 유럽에서 시작된 과학혁명 덕분에 인류는 에너지와 자원을 점점 더 많이 사용하는 법을 알게 되었다. 그는 지난 500년간 인류의 모습이 엄청나게 변했다는 것을 지적한다. 예전에는 인간이 많은 지식을 갈구하지 않았지만 과학혁명 이후 이런 태도가 달라졌다. 과학혁명의 출발점도 무지를 인정한 것부터라는 것이다. 인류는 더 많은 것을 알기 위해 노력하기 시작했다.

지금까지의 인간은 생물학적 한계를 넘어서지 못했고 자연의 선택에 의해 진화했다. 그러나 이제 인간 스스로가 인간을 설계할 수 있는 생명공학의 시대에 진입했다. 과학혁명으로 지구 자체를 파괴할 수 있는 힘까지 갖게 되었다. 인류는 앞다투어 인공지능을 비롯한 놀라운 신기술에 접근할 수단을 가지려고 고군분투하고 있다. 하지만 하라리는 그 기술들로 현명한 선택은 천국을, 어리석은 선택은 인류의 멸종이라는 비용을 치르게 될 수도 있다는 점을 냉정하게 경고한다.

언제일지는 모르지만 슈퍼휴먼이란 신종인류의 출현과 함께 현생인류인 사피엔스는 종말을 피할 수 없다. 네안데르탈인이 사피엔스의 문화를 이해하지 못하듯 사피엔스는 새로운 인류의 세계를 미리 짐작해 볼 수도 없다. 그것이 무엇이 됐든 그 존재는 현재 인류가 가지고 있는 성별, 사상, 종교와는 무관할 것이다. 인공지능의 발전과 더불어 하라리의 혁신적 관점은 슈퍼휴먼의 조상이 될지도 모르는 지금의 세대가 관심을 가지고 지켜봐야 할 문제이기도 하다.

인간이 신을 발명할 때 역사는 시작되었고, 인간이 신이 될 때 역사는 끝날 것이다.

- 유발 노아 하라리

일벌레와 밥벌레

『변신』, 프란츠 카프카, 문학동네

백 무 연

　프란츠 카프카(Franz Kafka, 1883~1924). 20세기 초기에 활동한 체코 출신의 소설가이다. 현대 문학의 중요한 인물 중 한 사람으로 평가받고 있다. 그는 "책은 우리 내면에 존재하는 얼어붙은 바다를 깨는 도끼"여야 한다고 주장했다. 책이 독자들의 억압되거나 정체된 내면의 바다를 깨뜨려 새로운 인식과 통찰력을 불러일으킬 수 있어야 한다는 것이다. 독서가 그 도구로 작용한다는 의미이다.

　그의 문학은 무엇보다 인간 존재의 불안과 인간 운

명의 부조리성을 날카롭게 분석하여 인간의 실존적 체험을 극한에 이르기까지 표현했다는 데 있을 것이다. 많은 문학평론가들은 그를 예술적 영감이 시대를 앞서간 천재로 꼽는다. 『변신』은 서양 문학 작품들 중에서도 가장 많이 번역된 작품군에 속할 것이다. 유달리 해설서가 많은 책이기도 하다. 시대에 따라 또 다른 해설서가 지속적으로 나올 것으로 보인다.

평생 독신이었다가 마흔한 살 생일을 앞두고 다섯 번째 연인 도라 디아만트가 지켜보는 가운데 폐결핵으로 사망한다. 문학에 모든 것을 걸었으면서도 죽기 전에 친구 막스 브로트에게 자신의 작품과 문서들을 모두 불태워 없애달라는 유언을 남긴다. 하지만 브로트는 이를 따를 수 없어 사후에 재편집하여 모두 출간한다. 유언을 집행하지 않았기에 카프카의 소설은 우리 곁에 살아남게 된다.

어느 날 아침 그레고르 잠자가 불안한 꿈에서 깨어났을 때 그는 침대 속에서 한 마리의 흉측한 갑충으로 변해 있는 자신의 모습을 발견했다.

– p. 7

이 문장은 20세기 이후 발표된 전 세계 소설 도입부 중에서도 유명하다. 사람이 벌레로 변하다니? 공포를 느낀다. 대뜸 던져놓고는 이유를 설명하지 않는다. 어떻게 변신이 이루어졌는지 알 수가 없다. 일어나 보니 벌레다.

그레고르는 엄청난 혼란에 빠진다. 지배인과 가족들의 성화에 답하기 위해서 혼신의 힘을 다해 방문을 연다. 지배인의 편견과 질책에 갑충의 기괴한 울부짖음 같은 소리로 항변한다. 그 절망적인 순간에도 지배인의 환심을 사서 가족의 장래를 망치고 싶지 않다는 생각에 그는 다급해진다. 몸은 갑충이 되었고 말을 잃었지만 듣기 기능은 살아 있었다. 더 불행한 것이 의식은 인간 그레고르 그대로였다.

그레고르의 아버지 잠자 씨는 사업 실패를 하고 5년 동안 무기력하게 안락의자만 지키고 있었다. 자신의 자리를 차지하고 자기 대신 가장의 역할을 해온 아들 그레고르가 갑충으로 변한 뒤에는 노골적인 적대감을 드러낸다. 사과 폭탄을 던지는 장면은 다시 권력을 되찾은 아버지와 권력을 빼앗긴 아들의 대결 상황을 극적으로 묘사하고 있다. 경제권에 의해 아들과 아버지의 위치가 방 안과 방 밖으로 재배치된다.

가족이 어떻게 이럴 수가 있을까. 가족을 생각하는 그레고르의 절박한 고통은 그들에게 더 이상 의미가 없었다. 오로지 자신들의 생계를 걱정해야 하는 그들의 고통만이 중요했다. 그 절망 속에서 언젠가 그레고르가 돌아올지도 모른다는 어머니의 실낱같은 기대로 혼미해져 가는 의식에 희망이 솟아난다. 한쪽 벽에 걸려있는 모피로 감싼 여인의 그림을 사수해야 했다. 이 그림은 그레고르의 자존감이었다.

그레고르는 자신의 상황에 대해 가족과의 소통을 시도해 본다. 벌레로서의 삶에 적응하려고도 노력한다. 하지만 가족들은 그의 변신을 이해하지 못하고 공포를 느끼며 그를 배척하기만 한다. 가족의 갑질과 폭력에 괴로움을 느끼면서도 자신의 사라져버린 존엄성을 되찾으려고 혼신의 힘을 쓴다. 처음엔 측은한 마음으로 오빠를 돌봐줬던 그레타가 먼저 변심하게 된다. 시간이 지나면서 그레고르를 '괴물'과 '그것'이라고 부른다. 그러나 그레고르는 그레타를 음악학원에 보낼 결심을 한다.

그레고르는 스스로를 일벌레라 생각했다. 힘든 직업을 선택한 자신을 탓하기도 한다. 새벽 다섯 시부터 시작되는 고단한 일벌레의 삶은 불행하다. 그러나 가족의 생계를 책임졌다는 자부심은 그를 더욱 일에 매달리게 한다. 느닷없이 갑충이 되어 일벌레에서 벗어났지만 가족들에게는 거추장스러운 밥벌레가 되어 버린다. 노동자재해보험공사에 근무하면서 산업재해로 어느 날 갑자기 노동력을 상실한 근로자들을 보면서 『변신』의 모티브를 구상했을 것이다.

카프카의 가정 환경과 출신 배경은 그의 작품 세계에서 혼재되어 나타난다. 독일어를 쓰는 유대인으로 자수성가한 그의 아버지는 어렸을 적부터 유난히 병약하고 감성적이었던 카프카와는 달리 골격도 크고 정신력도 강한 사람이었다. 법조인이 되어 신분 상승을 원하는 아버지에게 글쓰기에만 집중하는 카프카는 언제나 못마땅했다. 아버지로부터 이해받기는커녕 평생을 아버지의 파괴적인 비판 속에서 죄의식을 느끼며 살았다. 스스로 쓸모없는 인간이라는 굴레에서 빠져나오지를 못한다.

이런 환경에서 쓰인 그의 소설은 현대사회에서의 인간의 고독과 고립, 개인의 무력감을 시사한다. 『변신』을 통해 가족 구성원에게 철저히 무시당하고 버림받는 상황을 전제하고 가족에게 소외당하는 개인의 존엄성 사이에서의 갈등을 다룬다. 그의 작품들 곳곳에 이런 강하고 엄격한 아버지와의 권력 관계가 투사되고 있다. 유대인이라는 출생 신분 못지않게 그를 '어디에도 속하지 못하는 사람'으로 낙인찍은 사람은 바로 그의 아버지였다. 어쩌면 그레고르가 카프카일지도 모른다.

그러고 보니 『변신』은 우리에게 얼마나 많은 질문을 던지는가. 20세기 초에 던진 카프카의 질문을 21세기를 지나는 우리가 받아야 한다. 적어도 카프카의 시절만큼 일벌레와 밥벌레로 출구가 막혀있는 상태는 아니라고 답변해야 한다. 그리고 진정한 삶의 이유와 존재의 목적을 카프카에게 다시 질문하지 않으면 안 된다. 정신 똑바로 차리지 않으면 일벌레로 죽을지도 모른다.

어쩌면 우리가 가지고 있는 모든 것들이 상징적인 것일 뿐이고, 진정한 삶의 의미는 내면에 있을지도 모른다. 길을 잃고 헤매고 있는가. 그렇다면 그레고르에게 물어봐야 한다. 그레고르에게 21세기를 사는 우리의 존재와 정체성에 대하여 새로운 질문을 계속해야 한다. 개인이 직면한 존재적인 고통과 사회적인 억압, 그리고 인간의 존엄성에 대해서 질문해야 한다.

도끼(책)로 내면의 무지를 깨뜨려야 한다. 어영부영하다 자칫 그레고르처럼 일벌레나 밥벌레로 양극단兩極端에서 끝장날지도 모른다.

나는 그저 이[蝨]를 죽였을 뿐이야

『죄와 벌』, 표도르 도스토옙스키, 민음사

신 우 철

　『죄와 벌』은 20세기를 대표하는 거장 표도르 도스토 옙스키가 《러시아 통보》에 연재한 소설이다. 표도르 도스토옙스키는 1845년에 데뷔작인 「가난한 사람들」을 출판했는데 이 작품을 읽어본 평론가 벨린스키가 "니콜라이 고골이 다시 태어났다." 하고 감탄했다고 한다. 이 작품은 극찬을 받았으며 아직 24세인 도스토옙스키를 상트페테르부르크 문학계의 스타로 만들어 주었다.

　그러나 그는 공상적 사회주의 모임에 나가다 체포가 되었고, 8개월을 감옥에서 보낸 후에야 형 선고를 받기 위해 꺼내졌다. 이전에는 보통 이 정도 죄는 몇 개월간 유배가 고작이었으므로 이들은 '이제야 끝나는구나' 하고 안심했다. 그러나 그들을 기다리고 있던 것은 신부, 수십 명의 병사와 수천 명의 군중, 그리고 관이었다.

한 장교가 나와 '죄인들은 모두 반역죄로 총살'이라 선고했다. 마지막으로 신부에게 고해성사를 한 후, 죄수의 머리에 두건이 덮였다. 병사가 총을 발사하기 직전, 갑자기 형장에 마차가 급히 난입해 황제가 특사로 그들의 형을 감형하였음을 알렸다. 사실 황제는 정말로 처형할 생각은 없었고, 단지 '혁명 놀음'을 하겠다고 설치는 젊은이들에게 본때를 보여주겠다고 처형 쇼를 한 것이었다고 전해진다.

민음사의 『죄와 벌』은 총 2권, 6부로 나뉘어 있다. 1권은 학비를 낼 수 없어 휴학을 한 가난한 대학생 라스콜니코프가 전당포 주인 노파와 노파의 여동생 리자베타를 도끼로 살해하고 금품을 훔치는 것이 주 내용이고, 2권은 라스콜니코프가 이를 정당화하려 노력하다 생활비를 위해 몸을 파는 매춘부 소냐와 만나고, 소냐의 권유로 결국 자수하는 내용을 다루고 있다.

라스콜니코프는 동네의 전당포 주인 노파를 고리대금으로 가난한 사람들의 고혈을 빨아먹는 벌레보다 못한 인간이라고 생각했다. 그는 머릿속으로 '그 벌레보다 못한 사악한 고리대금 업자를 죽이고 그 돈을 빼앗아서 백 명의 선량한 젊은 대학생들에게 쓰면은 어떨까?', '그것은 인류를 위해서 훨씬 좋은 일이 아니겠나?'라고 생각했다.

그는 노파가 저녁에는 혼자만 있다는 사실을 알고는 이를 실행에 옮긴다. 그러나 문을 잠그지 않아 노파의 이복동생인 리자베타가 들어왔고, 사건 현장을 본 리자베타를 우발적으로 살해 후 금품을 훔쳐 도망친다.

다음 날 라스콜니코프는 경찰서에서 출두 요청을 받게 된다. 살인 사건 때문인 줄 알고 있었으나 실은 행정 업무 때문이었다. 그러나 경찰서에서 무고한 사람이 용의자로 지목이 되었다는 사실을 듣고는 기절하고 만다.

이후 라스콜니코프는 전당포에 맡겨진 자신의 물건을 찾으러 예심판사를 찾아가지만, 예심판사인 포르피리는 라스콜니코프가 경찰서에서 기절한 사건 등으로 그를 범인으로 의심하고 있었다. 라스콜니코프는 범죄에 대한 논쟁을 벌이다 노련한 예심판사에게 말려들게 되고, 잔뜩 흥분해 집으로 돌아오게 되었다. 그때 여동생 두냐를 스토킹하던 집주인 스비드리가일로프가 두냐를 다시 만나게 해달라며 도움을 청하게 되고, 라스콜니코프는 이를 단칼에 거절한다.

다음 날 라스콜니코프가 소냐의 집에 찾아가 소냐에게 자신이 살인범임을 암시하는 말을 하는데, 옆방에 묵고 있던 스비드리가일로프가 그것을 엿듣는다. 이후 라스콜니코프는 혼자 예심판사 포르피리를 찾아간다. 그를 범죄자라고 생각하는 포르피리는 교묘하게 그를 심문하며 몰아간다. 그런데 갑자기 다른 사람이 자신이 살인범이라며 자수를 하는 바람에 라스콜니코프는 풀려나게 된다.

라스콜니코프가 살인자라는 사실을 알아낸 스비드리가일로프는 그것을 이용해 두냐에게 다시 접근하지만, 두냐는 그를 완강하게 거부한다. 거절을 당한 스비

드리가일로프는 자살하고 만다. 그 이후, 라스콜니코프
는 소냐에게 자신이 살인을 했음을 고백한다.

"나는 그저 이[蝨]를 죽였을 뿐이야, 소냐. 아무 쓸모도 없
고 더럽고 해롭기만 한 이를."
"사람을 두고 이[蝨]라니!"
"이[蝨]가 아니라는 것쯤은 나도 알아."
이상한 눈으로 그녀를 바라보며 그가 대답했다.
"하긴 내 말은 거짓말이야, 소냐."

- p. 258

결국, 소냐의 설득에 라스콜니코프는 경찰서를 찾아
가 죄를 자백하게 된다.

라스콜니코프는 창백해진 입술, 미동도 없는 시선으로 조
용히 그를 향해 걸어가 책상 앞까지 바투 다가갔으며 한 손
으로 책상을 짚고 뭔가 말하려고 했지만 그러지 못했다. 들
리는 건 종잡을 수 없는 무슨 소리뿐이었다.
"몸 상태가 영 엉망이시구려, 자, 의자! 여기 의자에 앉으
세요, 좀 앉아요! 물 좀 가져와!"

라스콜니코프는 의자에 털썩 주저앉았지만, 영 마뜩지 않은 듯 깜짝 놀란 일리야 페트로비치의 얼굴에서 눈을 떼지 않았다. 두 사람은 잠시 서로를 쳐다보며 기다렸다. 물을 가져왔다.

"바로 제가…." 라스콜니코프가 말문을 열었다.

"물부터 마셔요."

라스콜니코프는 한 손으로 물을 물리치고 조용히 띄엄띄엄, 하지만 또박또박 말했다.

"바로 제가 그때 관리 미망인인 노파와 그 여동생 리자베타를 도끼로 살해하고 금품을 훔쳤습니다."

일리야 페트로비치는 입을 딱 벌렸다. 사방팔방에서 사람들이 몰려들었다.

라스콜니코프는 자신의 진술을 되풀이했다.

- p. 467

이후 라스콜니코프는 재판에 넘겨진다. 당시 금전적으로 굉장히 힘든 상태인 데다 우발적 범행이었으며, 훔친 금품을 하나도 사용하지 않았고 라스콜니코프가 행했던 선행이 알려져 죄에 비해 가벼운 8년 형을 선고받고 시베리아로 향한다. 소냐도 가족의 생계 문제가 해결되며 라스콜니코프를 따라 시베리아로 향하게 되고, 그의 옥살이를 지원해 주게 된다. 8년의 형벌이 끝나고, 라스콜니코프는 시베리아에서 소냐와 새로운 삶을 시작하게 되며 소설은 끝이 난다.

　도스토옙스키의 작품은 당시 러시아의 불안한 정치와 사회의 분위기를 잘 반영하며, 그 안에서 인간의 심리를 탐구하면서 다양한 철학과 종교적 주제를 담고 있다. 이에 사상가라는 평가 역시도 내려져 있다. 표도르 도스토옙스키는 톨스토이와 동시대를 살며 러시아 문학의 황금기를 이끌었다. 기회가 되면 이 소설의 무대가 되는 상트페테르부르크를 방문해 보고 싶다.

순교자는 누구인가

『순교자』, 김은국, 문학동네

신 우 철

2021년 9월, 한국 최초의 천주교 순교자들의 유해가 세상에 모습을 드러냈다. 이들은 1791년 신해박해 때 전동성당 터 자리에서 참수를 당했고, 무려 200년이 지나 다시 세상 밖으로 나왔다.

소설 『순교자』의 저자 김은국은 미국으로 이민을 간 재미 작가이다. 영어로 쓰인 이 작품은 한국계 최초로 노벨문학상 후보로 이름을 올렸다. 작가 펄 벅은 『순교자』를 "신앙을 갈망하는 데서 비롯되는 의혹과 고뇌를 다루는 어려운 일"을 해냈다며 격찬을 아끼지 않았고,

"위대한 소설이라 부를 수 있는 20세기 작품군에 포함될 만한 작품"이라 칭하기도 했다고 한다. 무엇이 이들을 사로잡았을까?

『순교자』의 배경은 6.25 한국 전쟁 때 평양에서 발생한 12명의 순교자를 중심으로 펼쳐지는 소설이다. 당시 14명의 목사가 평양에서 체포되었고, 12명이 총살을 당하고 2명만이 살아남았다. 소설의 주인공인 이 대위는 평양의 목사였다가 월남하여 군목이 된 고 군목과 함께 해당 사건에서 살아남은 신 목사를 찾아갔고, 신 목사는 그 사건에 대해 잘 모른다고 하였다. 순교 사건을 조사하던 정보국장 장 대령은 이를 선전의 도구로 사용하기 위해 그들을 순교자로 추앙하며 그들의 추모 행사를 성대하게 준비한다.

그러나 총살 사건에 대해 잘 모른다고 하던 신 목사가 자신이 처형 현장에 있었으며 12명의 목사들은 자신들의 신념을 위해 기꺼이 목숨을 바쳤다고 발표를 함으로써 관련자들에게 큰 혼란을 일으킨다. 이후 그 자리에 있던 비밀경찰이 포로로 잡혀옴으로써 사실은 12명의 목사들이 목숨을 애원하고, 자신들의 신을 부정하며 동료를 밀고하는 등 비굴한 자세를 취하여 처형되었고, 신 목사만이 순교자에 걸맞게 자신의 신념을 위해서 당당하게 저항하여 목숨을 구했다는 사실이 밝혀진다.

신 목사는 사람들에게 희망을 심어주기 위해서 12명의 목사들을 순교자로 만들고 자신이 배신자, 즉 예수 그리스도를 밀고한 유다의 역할을 자처하며 끝까지 신도들의 거친 항의를 받아들인다. 또한 장 대령은 순교를 선전 도구로 사용하기 위해 사람들에게 이 사실을 숨긴다. 그러나 아이러니하게도, 신 목사는 신을 믿지 않았다.

"난 평생 신을 찾아 헤매었소."

그는 소곤거리듯 말했다.

"그러나 내가 찾아낸 것은 고통받는 인간… 무정한 죽음에서 벗어나지 못하는 인간뿐이었소."

"그리고 죽음의 다음은?"

"아무것도 없소! 아무것도!"

"희망이라는 환상을 준단 말입니까? 무덤 이후의, 죽음 이

후에 대한 환상을 주란 말입니까?"

"그렇소! 그들은 인간이기 때문이오. 절망은 이 피곤한 생의 질병이오. 무의미한 고난으로 가득 찬 이 삶의 질병입니다. 우린 절망과 싸우지 않으면 안 돼요. 우린 그 절망을 때려 부수어 그것이 인간의 삶을 타락시키고 인간을 단순한 겁쟁이로 쪼그라뜨리지 못하게 해야 합니다."

"목사님은요? 당신의 절망은 어떡하고 말입니까?"

"그건 나 자신의 십자가요. 그 십자가는 나 혼자서 짊어져야 하오."

- p. 255

전쟁은 중공군의 개입으로 인해 아군의 패퇴가 계속되었고, 아군은 다시 평양을 버리고 후퇴하게 되었다. 이 대위는 신 목사에게 함께 떠나자 제안하였으나, 신 목사는 노약자와 아녀자만 남은 신도들을 위해 제안을 거절하게 된다.

"저 사람들에게 떠나라고 얘기해주십시오."

나는 말했다.

"우리가 지금 이기고 있지 않다는 얘길 해주십시오. 평양을 사수하지 않는다고 말입니다."

"모두 알고 있소."

"알고 있다면 왜들 떠나지 않는 겁니까?"

"간들 어디까지 갈 수 있겠소? 그들이 그 고통을 얼마 동안이나 견디어내겠소? 젊은 사람들은 이미 떠났소. 그러나 노약자와 아녀자들은 떠날 수가 없소. 그들은 너무 약해요."

"목사님은요?"

"나는 그들 곁에 있어야 합니다. 아무도 그래 줄 사람이 없다면 나만이라도 남아서 하나님이 그들을 돌보고 있고, 나도 그들을 돌보고 있다고 믿게 해야 합니다. 잘 가시오, 대위."

– p. 283

결국 이 대위는 부산으로 내려가게 되고, 그곳에서 군에서 나온 고 군목과 재회하여 장 대령의 전사 소식을 전해 듣는다.

그의 죽음은 고결하고 용감한 것이었습니다. 그와 그의 수하 병력이 해안에서 철수를 준비하고 있던 중 적의 집중 공격을 받았고 그로 인해 아군 특공대 병력 전원이 무사히 철수하기는 어렵게 됐습니다. 장 대령을 비롯한 수명의 대원들이 뒤에 남아 적을 저지하는 동안 나머지 대원들은 상륙정으로 철수할 수가 있었습니다. … 본관은 귀하가 편리한 때에 대구로 와서 본관을 만나주시기 바랍니다. 장 대령이 귀하 앞으로 남긴 얼마간의 돈을 본관이 가지고 있기 때문입니다. 본관은 또 장 대령과 함께 일했던 장교들로부터 조금씩 기부금을 내도록 했으니 귀하가 대구로 와서 이 돈을 수령해 주시기 바랍니다. 귀하가 천막촌 교회에서 쓸 성경을 이 돈으로 구입하라는 것이 장 대령의 뜻이었습니다. 그는 귀하의 교회에 성경이 넉넉지 못해 신도들에게 고루 나눠주지 못하고 있음을 보았던 것입니다….

– p. 300

소설은 이 대위가 고 군목의 교회를 방문하고, 피난촌을 거닐며 마무리가 된다. 과연 12명의 목사들은 순교자였을까. 혹은 희망을 심어주기 위해 자신을 희생한 신 목사가 순교자일까. 조국과 전우들을 위해 제 한 몸 바쳐 적을 저지한 장 대령은 순교자일까?

순교는 어느 종교에서 자신이 믿는 신앙을 위해서 죽음을 선택하는 행위를 말하며, 순교를 한 사람은 순교자로 불리고 종교와 신도들에게 성인으로서 추앙받는다. 현대 사회에 이르러 이는 종교뿐만이 아닌, 특정 주의나 사상을 위해 죽는 상황에서도 관용적으로 쓰이고 있다.

자유를 지키기 위해 들어본 적도 없는 먼 동양의 나라에 달려와 목숨을 바친 UN군과 국군 사상자, 군번도 없이 죽어간 학도병은 물론, 자식들에게 가난을 대물림하지 않기 위해 인생을 바친 부모님들 역시도 순교자가 아닐까.

2023년 7월 27일은 정전 협정 70주년이다. 전쟁은 여전히 진행 중이고, 대한민국의 수많은 젊은이들이 청춘을 바쳐 여전히 전선을 지킨다. 문득 현재의 평화로운 밤을 만들어주는, 두 번 다시 돌아오지 않을 자신의 청춘을 순교시켜 자유와 평화라는 신념을 지켜나가는 수많은 순교자들에게 감사함을 느낀다.

당신도 브람스를 좋아하세요?

『송사비의 클래식 음악야화』, 송사비, 1458music

안 영 희

클래식은 어렵다!

클래식은 고상하다!

클래식은 지루하다!

클래식 음악에 대해 무지한 나에게 클래식 음악에 대해 묻는다면 이런 생각이 먼저 든다.

클래식은 따분하고 재미없다는 생각을 가지거나, 어디서 들어본 것 같은데 제목도 모르겠고 도무지 어렵다는 생각을 많은 사람들이 가질 것이다. 『클래식 음악야화』는 한 번쯤 들어본 유명한 음악, 이름만 알았던 작곡가들의 흥미진진한 삶에 대한 이야기를 만날 수 있다.

국어사전에서 '야화夜話'라는 뜻을 살펴보면 밤에 모여서 하는 가벼운 이야기 또는 그것을 기록한 책이라고 한다. 음악야화는 밤에 읽는 클래식 이야기라는 부제를 가지고 있듯이 밤에 모여서 이야기를 듣듯이 편안하고 재미있게 클래식 음악과 작곡가들의 흥미로운 일상과 음악 이야기를 풀어내고 있다.

작가 송사비는 음악인 집안에서 태어나 4살 때부터 피아노를 치고 악기를 배웠으며 대학에서 작곡을 전공하였다고 한다. 피아노 콘텐츠로 유튜브에서 인기를 얻으며 2019년부터 사람들이 음악에 그리고 클래식에 더 쉽고 재밌게 접근하기를 바라는 마음으로 '송사비의 음악야화'를 팟캐스트에 연재했고 이를 보완하여 '송사비의 클래식 음악야화'로 엮었다고 한다.

이 책은 서양 고전 음악의 흐름에 맞추어 바로크시대, 고전시대, 낭만시대 등의 5악장으로 구성되어 있다. 악장, 피날레, 앙코르 등 음악 연주에서 사용하는 재미있는 제목으로 표현해 클래식 공연에 친숙하게 구성되어 소소한 재미를 더해주고 있다.

각 악장마다 우리에게 익숙한 주인공들을 차례차례 만나볼 수 있다. 1악장은 바로크시대의 비빌디, 음악인들의 아버지로 불리는 바흐, 음악의 어머니 헨델이 등장한다. 2악장은 고전 시대의 음악가로 하이든, 모차르트, 베토벤, 3악장은 낭만시대의 작곡가로 멘델스존, 가곡의 왕 슈베르트, 폴란드를 너무나 사랑한 쇼팽, 최고의 피아니스트로 불리는 리스트, 슈만과 클라라, 브람스, 바그너이다. 4악장은 인상주의 시대 작곡가로 드뷔시, 라벨이다. 마지막 악장은 러시아 작곡가 3인방으로 차이콥스키, 라흐마니노프, 스트라빈스키로 구성되어 있다.

한 번쯤 들어본 유명한 음악과 작곡가를 만나는 방법은 다양하다. 시대별로 순서대로 작곡가들을 만나거나 유명한 작곡가 또는 유명한 곡들을 먼저 만날 수도 있다. 또는 로맨티스트 작곡가들을 먼저 만나볼 수 있다. 작곡가마다 작가의 추천곡에 QR코드를 제공하고 있어 바로 감상까지 가능하다.

작가는 독자들에게 이렇게 묻는다.

당신은 어떤 작곡가를 좋아하나요? 브람스를 좋아하세요?

브람스가 누군지 잘 모르더라도, 프랑수아즈 사강의 『브람스를 좋아하세요?』라는 책의 제목은 한 번씩 들어 보았을 것이다.

만약 책 제목도 낯설다면, 슈만 이야기를 떠올리면서 '방금 삼각관계 속 그 연하남 아니야?' 하고 책장을 넘기셨는지도 모르겠네요. 브람스를 알든지 모르든지, 이 이야기가 끝나면 당신은 브람스를 좋아하게 될지도 모릅니다.

– p. 227

브람스는 베토벤이 죽고 6년 후에 태어났지만, 당시 유럽은 아직 베토벤의 열기가 식지 않은 고전 후기였으며 음악가들이 무엇을 하든 베토벤과 비교를 당했다. 모범생 브람스는 특히 베토벤을 열심히 연구하고 작곡에 몰입하였다. 이 때문인지 본의 아니게 '제2의 베토벤'이라는 소리를 듣게 된다. 베토벤을 좋아하는 사람 중 일부는 브람스를 무시하였으며, 브람스도 자신에게 붙은 '제2의 베토벤'이라는 무거운 타이틀에 심한 부담을 느꼈다. 그래서 교향곡 1번을 작곡하는 데 무려 10년이라는 시간이 걸린다.

브람스 이야기를 쓰면서는 '왕관의 무게'를 떠올리게 됩니다. 높게 쌓아 올린 부와 명성 뒤에는 항상 날카로운 평가와 시샘이 따라붙곤 하죠. 오늘날에도 많은 예술가들이 근거 없는 악평 때문에 조명 뒤에서, 혹은 작품 뒤에서 무너져 내리곤 합니다. 타인의 시선을 의식하지 않고 내가 펼쳐야 할 이야기를 오선지에 온전히 담아내려면 얼마나 굳건한 의지가 필요할까요?

– p. 238

평생 한 사람과의 사랑을 꿈꾸었지만 결국 그녀의 마음을 얻지 못했고, 엄청난 부와 명예를 얻었지만 늘 적이 있었으며, 그럼에도 한순간도 쉬지 않고 곡을 썼던 브람스….

하지만 고개를 살짝 돌려 다른 면을 바라보면, 비록 사랑의 결실을 맺지는 못했지만 누군가에게 완전한 사랑을 줄 수 있었고… 또 병으로 고생했지만, 눈을 감기 직전까지 작곡가로서의 자신을 놓지 않았던 대단한 의지를 가진 브람스를 만날 수 있다.

– p. 238

어떤가요? 브람스가 좋아지셨나요?

작가의 이야기처럼 클래식은 모르지만 좋아하는 클래식 작곡가가 생겼다고 대답하게 될 수도 있을 것이다. 클래식을 좋아하고픈 당신이 이 책을 펼쳐보기를 바란다. 또 누가 알겠는가?

사랑하면 알게 되고 알게 되면 보이나니, 그때 보이는 것은 전과 같지 않으리라.

– 정조 대의 문장가 유한준

시간과 공간을 넘어 박지원을 만나다

『나의 아버지 박지원』, 박종채, 돌베개

안 영 희

　　연암燕巖 박지원은 중세기 우리나라 최고의 대문호라고 한다. 영국에 셰익스피어가, 독일에 괴테가, 중국에 소동파가 있다면 우리나라에는 박지원이 있다고 엮은이는 감히 말하고 있다.

　　그가 대문호인 것은 도저한 학문과 높은 식견을 갖추고 있으며, 그의 글에는 심중한 사상이 담겨 있기 때문이라고 말한다. 연암이 저술한 열하일기, 연암집, 연암선생 서간첩 등은 그가 살았던 시대를 넘어 21세기 오늘까지도 널리 사랑받고 있다는 것을 보더라도 공감이 되는 부분이다.

시간과 공간을 넘어 21세기에도 여전히 살아 있는 연암燕巖을 만나기 위해 『나의 아버지 박지원』을 펼쳤다. 이 책의 원제는 '과정록過庭錄'이다. 자식이 아버지의 언행과 가르침을 기록한 글이라는 뜻이다. 연암의 아들인 박종채가 쓴 박지원의 전기이다. 박종채는 4년여 동안 심혈을 기울여 초고를 집필했으며, 그 후 몇 년에 걸쳐 수정에 수정을 거듭하여 이 책을 완성하였다고 한다. 박종채의 『과정록過庭錄』을 서울대학교 국문과 교수인 박희병이 대학 강의에서 강독을 진행하면서 그 내용을 책으로 엮어내게 되었다고 한다. 전체 4부로 구성되어 있으며, 태어나는 과정에서부터 성장 배경과 사람들과의 어울림, 학문과 삶의 태도 및 관직 생활에 대한 다양한 이야기가 수록되어 있다.

자목 들은 대로 기록하여 신중함이 결여된 듯도 하지만, 감히 함부로 덜거나 깎아내지 않은 것은 아버지의 풍채와 정신이 오히려 이런 곳에서 잘 드러난다고 생각했기 때문이다.

읽는 사람들은 아무쪼록 너그럽게 헤아려 주길 바란다. 병자
년(1816) 초가을에 불초자 종채(宗采)가 울며 삼가 쓴다.

– p. 14

세월을 두고 시간이 흘러가는 시간만큼 가슴 깊숙한
곳에서 울림으로 존재하는 것이 아버지에 대한 그리움
과 가르침일 것이다. 아버지에 대한 이런저런 이야기가
많기도 하지만 그 절절한 마음을 글로 다 표현할 수 있
을까? 불초자 종채가 울며 삼가 쓴다는 그 애끊는 마음
이 시간과 공간을 넘어서 고스란히 전해온다.

박종채는 아버지의 위대한 문학가로서의 면모뿐만
아니라 그 인간적 면모와 함께 목민관 시절의 흥미로운
일화들도 자세히 들려주고 있다. 자식이 아버지를 곁에
서 보면서 기록하였기에 다소 객관적인 글일 수 있을까
싶지만 어쩌면 아들이었기에 내용이 더욱 사실적이고
자세할 수 있을 것이다.

무신년 섣달 도목정사(都目政事) 때 아버지는 선공감 감역

의 임기를 6일 남겨놓고 있었다. 지조(吏曹)의 서리는 아버지더러 임기가 다 끝나 이번 승진 대상에 해당하는 것으로 이조에 보고하라면서, "날짜 수가 며칠 모자라긴 하나 관례상 조금 융통성이 있습지요."라고 말했다. 그러나 아버지는, "내가 평소에 한 번도 구차한 짓을 한 적이 없다. 보고하지 마라."고 하셨다. 당시 전관(銓官)으로 있던 분이 아버지의 말을 전해 듣고 탄복해 이렇게 말했다고 한다. "날이 저물어 갈 길이 멀면 누군들 마음이 급하지 않겠는가. 그렇건만 평소 자신의 삶의 원칙을 이토록 지키다니!" 아버지는 다음 해 (1789) 6월에 비로소 승진하셨다.

- p. 70

공직자로서 업무를 처리하는데, 작은 것을 탐하지 않으며 원칙에 어긋나지 않고, 도리를 지키면서 결정하는 등 여러 가지 사례들을 볼 수 있다. 시대가 흘러도 변하지 않는 공직자로서 가져야 할 원칙과 태도는 오늘을 살아가는 우리들에게 묵직한 울림으로 다가온다.

또한 실학자로서의 합리적인 면모도 곳곳에서 볼 수 있다. 포흠(지방관아의 아전들이 관의 곡물이나 재물을 사사로이

탐하는 것)을 3년 동안 스스로 해결할 수 있도록 방안을
제공하였으며, 둑 쌓는 일에 징벌에 대한 폐단을 줄이고
자 서로 구역을 나누어 둑을 쌓고 각 담당한 둑이 온전
하며 다시 장정을 동원하지 않는 등의 사례를 볼 수도
있다.

　사흘간이나 비가 주룩주룩 내리는 바람에 어여쁘던 살구
　꽃이 죄다 떨어져 땅을 분홍빛으로 물들였구려. 긴 봄날 우
　두커니 앉아 혼자 쌍륙놀이를 하고 있사외다.

- p. 260

　내가 제일 좋아하는 일은, 마음에 드는 글을 새로 창작했
　을 때 한두 사람 뜻이 맞는 이들과 조금 술잔을 기울이다가
　글을 잘 읽는 의젓한 젊은이로 하여금 음절을 바로하여 낭랑
　하게 읽게 하고서는 누워서 글에 대한 평이나 감상을 듣는
　것이다.

- p. 115

벗들과 악기를 연주하며 흥취를 돋아 달빛을 즐길

줄 아는 풍류를 좋아하던 연암의 모습도 살펴볼 수 있다. 누군가에게 보낸 편지를 보면 장대한 기골과는 어울리지 않게 그가 얼마나 섬세하고 부드러운 정서를 가졌는지도 알 수 있다.

책을 읽는 내내 연암 박지원의 삶에 눈앞에 생생히 그려진다. 연암의 시대가 흘러가도 변하지 않는 따뜻함과 인간적인 모습, 공직자로서 가져야 할 태도, 그의 문장 등은 시대가 지나도 결코 낡거나 녹슬지 않았다.

어느 편집장이 전하는 예술의 향기

『기억과 공감』, 임언미, 학이사

이 경 애

　이유 없이 마냥 부러운 사람이 있다. 어떤 한 분야에 몰두해서 '쟁이'가 된 사람들, 오랜 세월 한 분야에 종사하여 '쟁이'라고 불리는 사람들. 그런 사람을 볼 때면 무척 존경스럽고 대단하다 싶은 생각이 든다. 『기억과 공감』의 저자, 임언미 씨도 내게는 그런 이들 중의 한 사람이다.

　사실 '쟁이'라는 기준이 따로 있는 건 아니다. 수십 년간 같은 일을 해서 기술을 가졌다고 모두 그런 마음이 드는 것도 아니다. 하지만 그의 삶에 내심 박수를 보내고 싶은 것은 그가 걸어온 날들이 우리의 팍팍한 삶을 밝히는 예술의 향기를 전하는 일이었기 때문이다.

2000년 무렵, 대구 문화예술계에 첫발을 디딘 이래로 현재까지 저자는 대구 문화예술계의 역사를 기록하는 일을 계속하고 있다. 월간《대구문화》편집장으로서 문학·음악·미술·연극 등 문화예술 장르를 넘나들며 예술가들을 인터뷰했고, 현장에서 보고 듣고 알게 된 소중한 경험과 그 세월 동안 깨달은 개인의 일상 이야기를 책에서 잔잔히 펼쳐 보인다.

제1부 기억, 제2부 공감, 제3부 세대라는 세 개의 챕터로 나누어 풀어내는 그 이야기 속에는 저자가 만나온 예술가들의 삶과 정신이 오롯이 담겨 있다. 그는 단순히 공연이나 전시 소식만 전해 온 것이 아니라 자신이 만나 온 예술가들의 빛나는 정신과 사상을 가만가만 들려준다. 그가 풀어내는 '기억과 공감'은 어떠할까.

제1부에서 저자는 문화예술계의 역사를 증언할 만한 인물들의 삶을 조명하고 그들의 자료를 아카이빙해야 하는 이유를 언급한다. 대구시립교향악단 고 이기홍 초

대 지휘자, 한국 합창계의 거목인 대구시립합창단 장영목 초대 지휘자, 오페라 도시 대구의 초석을 닦은 바리톤 고 이점희 선생, 김금환 초대 단장의 뒤를 이은 영남오페라단 김귀자 단장, 음악박물관 건립의 필요성을 주장해 온 원로 작곡가 임우상 선생, 남편 정막 선생과 현대무용 활동을 해온 대구시립무용단 김기전 전 초대안무자, 현대무용가 구본숙 선생 등등.

그의 기억을 따라가다 보면 '예민하고도 순수한 영혼'의 예술가들이 들려주는 올곧은 목소리에 귀를 기울이게 되고, '달구벌 환상곡'의 장엄한 선율을 찾아 듣게 된다. "카잘스와 번스타인이 응원한 대구" 이야기는 첼리스트 파블로 카잘스가 보냈다는 편지를 보고 싶게 만든다. 「우리가 그의 이름을 기억해야 하는 이유」와 「음악은 건축과 같은 것」 등의 글을 보면 왜 우리가 한 생애를 뚜벅뚜벅 걸어서 별이 된 예술가들의 삶을 기억하고 기록해야 하는지, 문화예술계의 역사를 기록하는 자의 마음가짐과 자세는 또 어떠해야 하는지 등에 대해서도 한 번쯤 생각해 보게 된다. 「각별한 예술혼의 도시」에서 저자는 예술가를 기리는 이유를 언급한다.

　우리가 옛사람을 기리는 것은 그들이 단순히 옛사람이기 때문은 아니다. 말 그대로 '아무것도 없던' 궁핍의 시절, 무에서 유를 일군 공은 그들을 단순한 '옛사람'이 아닌 '특별한 사람'으로 기억하고 기리게 만든다. 그 특별한 사람들 중에는 예술인들이 많다. 남들보다 한발 앞서 현실 너머의 세계를 내다보던 그들. 그들이 남긴 흔적들을 따라가 보면 그들이 꿈꾼 문화예술로 풍요로운 미래상이 보인다.

- p. 70

　국제오페라대회나 대구연극제, 국제사진비엔날레 등을 해마다 개최하며 예술의 향연을 이어가고 있는 대구 문화예술계, 수많은 이들이 오랜 시간 정성을 들여 물을 주고 가꾸어야만 그 꽃을 피우는 것임을 생각하면 왜 더 늦기 전에 '찬란한 예술의 기억들을 기록해야' 하는지를 깨닫게 된다. 또, 어떤 노력들이 얼마나 필요할까도 생각해 보게 된다.

　책 서문에서 저자는 "빠르게 팽창하는 문화예술 환

경 속에서 모두가 새로운 것을 향해 달려갈 때, 그 과정에서 놓치고 가는 건 없는지 살피는 사람이 되고 싶었다."고 말한다. 그리고 "대구 문화예술계에 발을 처음 내디뎠을 때는 예술계 모든 것이 신기"하고 궁금해서 "평범한 사람들의 일상과 문화예술 현장을 연결하는 방법"을 고민하고 "예술인들과 함께 하는 세월이 쌓일 즈음부터는 하나둘 늘어가는 원로들의 빈자리가 안타까워 그들의 흔적을 모으고 기록"하게 되었다고 한다.

새로운 것에 가지는 호기심, 남을 헤아리는 마음, 그런 정성들이 있었기에 대구 문화예술 아카이브라는 방대한 작업을 시작할 수 있게 된 것이 아닐까. 이 책「예술품이 품고 있는 이야기들」을 보면 저자가 어떤 자세로 사람과 작품을 대하는지도 엿볼 수 있다. 그 마음이 참으로 귀하다.

예술품에는 사람의 이야기와 감정이 얹혀 있어서 쉽게 대할 수가 없다. 작고한 예술인들의 가족과 그 예술인의 유품을 대할 때는 고고학자들이 문화재를 발굴해 낼 때 거쳐야 하는 조심스러운 붓질과 같은 자세로 임해야 한다. 발굴 과정에서 훼손된 문화재를 돌이킬 수 없는 것처럼, 예술 자료를 소장한 사람의 마음을 다치게 하면 회복하기 힘들다.

– p. 86

병풍 기증행사를 준비하면서 병풍 속 인물들의 이야기보다, 이상화라는 인물보다, 아버지의 유품을 기증하는 아들의 마음에 초점을 맞췄다. 독립운동가의 후손임에도 가족 모두가 한국 현대사의 쉽지 않을 길을 걸어오셨기에, 선대의 유품을 선뜻 대구로 보내주신 그 뜻을 헤아리고자 했다. 병풍을 운송차에 실어 대구로 떠나보내실 때, 그리고 기증행사에 참석하시기 위해 대구를 오가실 때 혹시라도 서운함이 남지 않도록 애썼다.

– p. 88

이제 "그 병풍이 품고 있는 남은 이야기들을 풀어내는 것은 우리 모두의 몫이다."라고 저자는 말한다. 우리 세대가 남기고 기록해야 할 아카이빙의 범위와 기준, 노력 등에 대해서, 활용하고 후대에 전해야 할 방법에 대해서도 함께 고민하고 실천 방안을 찾아보자고 권하는 책, 대구란 어떤 도시인가? 함께 고민해 보자고 손을 내미는 책,『기억과 공감』. 내가 선 자리, 오늘의 삶의 좌표를 다잡게 만든다. 문화예술에 관심이 있는 분이라면 2012년 저자가 펴낸『대구, 찬란한 예술의 기억』(한티재, 2012)도 함께 읽어 보시기를….

진화하는 지역사회의 플랫폼, 공공도서관 이야기

『도서관은 살아 있다』, 김상진, 학이사

이 경 애

1.

이 책은 공공도서관 관장이 "도서관 현장에서 배우고 느끼고 시도한 바를 정리한" 기록집이다. 책이라는 씨앗을 매개로 사람의 온기가 꽃을 피우고 그들이 어울려 울창한 숲을 이루기까지 하루하루 고심하며 가지를 치고 열매를 가꾸었을 지식인 농부의 열정과 수고로 거둔 하나의 결실이다.

경북대학교 문헌정보학과를 졸업하고 동 대학원 문헌정보학과 박사과정을 수료한 저자는 전직 영남일보

기자 출신으로서, 대구광역시 도서관정보서비스위원회 위원과 2020년 대구수성 한국지역도서전 집행위원장을 역임했다. 2015년부터는 대구광역시 수성구립 용학도서관의 관장을 맡고 있다. 그는 머리말에서 "도서관은 성장하는 유기체다.A library is a growing organism." 라면서 "도서관을 나타내는 여러 가지 수사가 있지만, 요즘처럼 이 표현이 적절하게 느껴진 적은 없었다." 고 말한다. 또한, 지난날 '지식정보의 보고' 였던 도서관이 오늘날 현실에서는 "지역사회 구성원에게 지식정보를 제공하고, 독서문화를 진흥하면서 평생학습의 장이자 복합문화공간으로 기능해야 한다." 라고 밝힌다.

책은 크게 4부로 구성되어 있으며, '1부 우리의 삶을 바꾸는 도서관', '2부 코로나 시대의 도서관', '3부 도서관과 독서문화', '4부 지역사회와 도서관' 이라는 제목 아래 총 49편의 글이 실려 있다.

'1부 우리의 삶을 바꾸는 도서관' 에서 저자는 생애주기별 맞춤형 서비스를 제공하고 있는 복지 공간으로서의 도서관, 도심의 피서지이자 지역사회의 플랫폼 역할을 하고 있는 도서관, 미디어 리터러시 교육과 평생학습 교육을 실천해 온 공공도서관의 이야기를 들려준다.

'2부 코로나 시대의 도서관'에서는 비대면 상황이 지속되는 동안에도 전자도서관, 북 워크 스루, 스마트도서관, 온라인 사진전, 생태 프로그램 등 다양한 활동을 통해 도서관 이용자들에게 제공하는 콘텐츠의 내용과 방식을 고민하고 실천해 온 과정을 적고 있다.

'3부 도서관과 독서문화'에서는 북 큐레이션을 넘어 지식정보 및 콘텐츠를 생산하는 메이커 스페이스로서의 도서관, 도서관Library·기록관Archive·박물관Museum의 기능을 담당하는 '라키비움'으로서의 도서관, 빅테이터 분석을 통한 도서관의 서비스, 세계 책의 날, 도서관 주간 등에 실시한 다양한 행사와 아울러 '시 흐르는 우리 마을'이라는 슬로건 아래 실시하고 있는 시와 동시 강좌, 동시암송대회 등을 소개한다. 그뿐 아니라 정보 격차 해소를 위해 펼치는 디지털 리터러시 교육, 이웃과 소통하고 공동체의 삶을 강화하는 사람책방 등 세대와 세대를 잇고 이웃 간 정을 북돋우는 도서관 활동을 보여준다.

　'4부 지역사회와 도서관'에서는 "가장 지역적인 것이 가장 세계적인 것"이라며 향토자료의 중요성을 언급하고, 대구정신과 의병활동, 대구정신과 독립운동, 독립운동의 성지 대구, 대구사람 전태일, 자랑스러운 나눔 문화 등을 통해 지역 제대로 알기와 지역을 기록하는 작업의 중요성에 대해서도 강조한다.

　"참여자들의 연결과 상호작용을 통해 진화하며, 모두에게 새로운 가치와 혜택을 제공해 줄 수 있는 상생의 생태계로 평가받고 있"는 플랫폼마저 넘쳐나는 세상에서 "소비자들에게 맞춤형 제품을 제안하는 기획력 있는 지적자본"이 필요하다고 저자는 피력한다. 콘텐츠를 공유하는 방식도, 서비스 대상도 다양한 오늘날, "시대의 요구에 부응하는 경쟁력을 갖출 수 있"으려면 그만큼 "창의적인 기획"이 필요하다는 것이다. 그렇게 하기 위해서는 얼마나 열린 마음으로 세상의 수많은 목소리에 귀를 기울여야 할 것인가.

2.

햇살 따사롭고 꽃향기 화사한 봄날, 푸른 신록과 붉은 태양이 정열적인 여름, 푸른 하늘 높고 청명한 가을, 낙엽 지고 눈 내리는 겨울, 365일 사계절 내내 단출한 차림으로 살랑살랑 나들이를 가고 싶은 곳, 도서관. 그 도서관이 '살아 있다'고 저자는 당당히 말한다.

아니, 어떻게 도서관이 살아 있을 수 있나? 살아 있다는 건 숨 쉰다는 것이고, 움직임을 전제로 하는 말일 텐데 어째서 저자는 도서관이 살아 있다고 선언하는 것인가? 〈박물관이 살아 있다〉 영화에서처럼 도서관의 수많은 책이 밤이 되면 깨어나 춤추고 노래라도 부른다는 말인가? 푸른 바다에서 갓 잡아 올린 활어처럼 도서관이 펄떡펄떡 뛰기라도 한다는 말인가?

아이들에게 이 제목을 주고 떠오르는 것을 말하라고 하면 무슨 이야기를 할까? 은퇴한 이후의 생을 준비하는 어른들에게 '살아 있음'을 느낄 때를 묻는다면 어떤 대답을 들려줄까? 아니, 이 책 제목을 들었을 때, 당신 머릿속에 바로 떠오르는 이미지는 무엇인가?

이 책을 읽고 나면 알 수 있다. '도서관은 살아 있다'는 말의 의미를. 이 책은 제목에서부터 호기심이라는 꽃가루로 사람을 불러 모은다. 궁금증이라는 감각의 촉수를 건드리고, 나아가 도서관이 어떤 의미로 존재해야 하는지, 그 효용과 기능까지도 생각해보게 한다.

풀나무에 붙어사는 벌레와 곤충처럼 사람도 도서관이라는 숲에서 알콩달콩 연극도 하고 가족 텃밭을 가꾸기도 하며, 문화 아카데미 수업도 듣는다. 이 책은 그처럼 삶의 순간순간 싱싱하고 건강한 삶을 함께 영위하는 곳이 도서관임을 말해준다. 34쪽에서 저자는 세계적인 아동문학가 쉘 실버스타인의 대표작 『아낌없이 주는 나무』를 각색한 연극 무대가 큰 감동을 주었다고 했다.

도서관이라는 거대한 숲은 과거로부터 오늘에 이르러 시공을 초월하는 삶을 연결하고 세계와 국가, 개인과 사회를 연결한다. 우리를 데리고 어디론가 여행을 떠나는 기차역이며 아름드리 나무가 그늘을 드리운 동네 어귀, 평상이 있는 마을 공터와 같다. 들고 온 음식을 나눠 먹고, 웃음꽃을 피우고, 슬픔의 강도 함께 건너는 이웃

사촌들이 풀씨와 같은 아이들을 건강하고 싱그러운 나무로 함께 키우는 곳, 마을에서 도서관은 그러한 곳이 되어야 하리라.

함께 고민하자, 함께 머리를 맞대자 손 내미는 책, 내가 사는 우리 동네가 얼마나 멋진 곳이고, 얼마나 훌륭한 어른들이 많은지 말없이 그냥 삶의 모습으로 보여주는 공간, 그런 곳이 도서관이라고 귀띔해 주는 책, 『도서관은 살아 있다』.

분탕질 서평

『내 영혼이 따뜻했던 날들』, 포리스터 카터, 아름드리미디어

이 풍 경

이 책의 원제는 'The education of little tree' 이다. "작은 나무little tree" 는 할아버지가 5살 손자에게 지어준 인디언식 이름이다. 발간 초기에는 주목받지 못하다가 작가가 죽은 지 12년이 지나서 사람들에게 알려져 1991년 애비ABBY상을 받기도 하였다. 작가의 할아버지가 체로키 인디언이고, 작가는 할아버지와 살았던 추억을 가지고 마음의 고향인 인디언 세계를 어린 소년의 순순한 감각으로 묘사하였다고 말했다.

얼마 전 트로트 경연 프로그램에서 한 참가자가 〈엄

니〉를 불렀다. 이 곡은 1980년 광주의 안타까운 사연을 덮어두기에 안타까워 1987년 가수 나훈아가 만든 곡이다. 역사적 진실을 숨기고 있는 때라 알려지지 않았다. 40년이 지나 역사적 진실이 알려져 '광주 민주화 운동'이라 명명되면서 세상에 알려진 곡으로, 참가자는 광주의 아들로서 이 노래를 꼭 불러야 할 것 같아서 선택하였다고 한다. 이 작품에서도 그런 마음이 느껴졌다. 백인들이 신대륙을 발견하였다고 하나 사실은 원주민 인디언의 땅을 빼앗았다는 역사의 불편한 진실 때문에, 그 원죄 때문에 이 작품이 뒤늦게 알려지게 된 것이 아닐까 생각했다.

다섯 살 때 부모님을 여의고, 작은 나무가 동부 체로키족 거주지에서 백인들에게 쫓겨나 산속 오두막집에서 사는 조부모와 2년 정도 생활했던 이야기를 엮은 회상록이다. 인디언 소년의 영감 넘치는 자전적 회상이 기계화와 물질주의에 억눌린 현대인에게 신선한 시각을 제공한다.

그게 이치란 거야, 누구나 자기가 필요한 만큼만 가져야
한다.

– p. 26

할아버지와 할머니에게 사랑과 이해는 같은 것이었다.

– p. 69

사람들 사이에 일어나는 분쟁의 대부분은 이해(Kin)가 없
기 때문이다.

– p. 72

지난 일을 모르면 앞일도 잘 해낼 수 없다. 자기 종족이 어
디서 왔는지를 모르면 어디로 가야 될지도 모르는 법.

– p. 73

인디언들이 그러하듯이 자신들을 자연에 내맡겼다. 자연
을 정복하거나 이용하려 들지 않고 자연과 더불어 살아간 것
이다.

– p. 200

작은 나무는 당국에서 더 좋은 교육과 더 나은 환경을 제공한다는 명목으로 조부모와 이별하고 반강제적으로 보육원으로 가게 되었다. 그 속에서 작은 나무는 돈, 성금, 기부를 위한 하나의 도구로 취급받는다. 밤마다 골짜기에서 늑대별을 보고 있을 할아버지를 생각하며 돌아가길 간절히 기도한다. 결국 할아버지에 의해 다시 산속 오두막집으로 돌아온다.

할머니는 돌아가시기 전 마지막으로 말씀하셨다.

　작은 나무야, 나는 가야 한다. 네가 나무들을 느끼듯이 귀 기울여 듣고 있으면 우리를 느낄 수 있을 거다. 널 기다리고 있으마. 다음번에는 틀림없이 이번보다 더 나을 거야. 모든 일이 잘될 거다.

할아버지와 할머니에게 사랑과 이해는 같은 것이었다. 이해할 수 없는 것은 사랑할 수 없고 또 이해하지 못하는 사람을 사랑할 수도 없다. 할머니는 세월이 흐를수록 이해는 더 깊어진다고 하셨다.

산업혁명과 과학기술의 발달로 인한 서구식 문물의

발전이 문명이라고 생각하는 서구적인 시각에서 인디언들은 그들의 문화를 수용하지 못하는 야만인으로 여겨졌다. 이에 따라 개척민들은 인디언을 문명화하기 위해 아이들을 가족과 공동체에서 격리하여 교육하는 것이 효과적이라고 생각했다. 그런데 인디언은 결코 야만적이지도 원시적이지도 않다. 단지 인간과 자연의 조화를 중요하게 여길 뿐이다.

개척민들은 동물을 무분별하게 사냥해서 사냥감이 점점 줄어들었지만, 작은 나무의 할아버지는 꼭 필요한 만큼만 사냥하고 숲의 질서를 중요하게 여겼기 때문에 숲을 보호할 수 있었다. 눈앞의 이익에 빠져 환경을 파괴하고 생태계의 질서를 위협하는 문명과 인간과 숲의 질서를 중요하게 여기는 문명 중에 어떤 문명이 더 바람직한 문명인가에 대한 고민을 하게 한다.

작은 나무는 조부모와 영혼의 교감을 느꼈다. 조부모를 그들이 아는 산속 비밀 장소에 묻고, 키우던 개 블루보이를 데리고 산속을 떠난다.

나와 블루보이는 인디언 연방으로 가는 여행을 계속했다.
실제로는 인디언 연방 같은 건 어디에도 없었지만…

− p. 340

　인디언 연방은 어디에도 없다. 개척이라는 이름으로
인디언들은 죽임을 당하고, 그들의 고향에서 쫓겨나 버
렸기 때문이다. 할아버지는 고향 마을을 떠나 산속에서
살다 돌아가셨다. 그러나 작은 나무가 할아버지에게 받
은 인디언 정신은 세상의 빛이 되고, 가치가 되어 흐르
고 있다. 나는 그것을 믿는다. 작은 나무는 큰 나무가 되
어 우뚝 서 있을 것이다. 그리고 또 다른 '작은 나무'에
게 인간과 자연의 조화, 이해하며 사는 방법을 알려줄
것이다. 그래서 체로키의 혼불은 영원히 세상을 비춘다
는 것을….

　이 책을 읽고 적은 서평이다. 이 책은 자전적 소설이
다. 구절구절 인디언 피가 흐르는 작가의 못다 한 아픔
이 느껴져 감동이 배가 되었다. 그래서 역자도 한국어
판 제목을 『내 영혼이 따뜻했던 날들』로 하였으리라.
심지어 서구에서는 삶의 철학을 바꾸어주는 작은 고전

으로 평가하였다. 그런데 알고 보니, 작가가 인디언 혈통과 관련이 없었다. 심지어 미국 백인우월주의자였으며 인종차별로 유명한 테러단체 KKK단 활동을 했던 범죄자란다. 이런 것을 알았다면 역자 또한 이런 아름다운 제목을 달 수 있었을까!

작가는 거짓말로 독자를 속이고, 글을 속였다. 그리고 그 위선에 쾌감을 얻었으리라. 사이코패스다. 자전적 소설이라는 타이틀로 사람의 감정을 갖고 논 죄, 나를 속인 그에게 서평으로 분탕질하려고 한다. 그래도 다행이다. 뒤늦게라도 진실이 밝혀져서. 인간의 양면성, 사이코패스 끝판왕의 관음증을 알고 싶다면 이 책을 한번 읽어보기를 바란다. 어떤 마음으로 자신을 속이는 글을 내어놓았을까. 고민해 보길 바란다. 작가가 사망하기 얼마 전 내놓은 작품으로 참회하는 글일 수 있다. 개명까지 하면서 내놓은 작품이다. 그러나 속였다는 것은 용서할 수 없다. 작가의 글에 대한 사회적 책임과 허구일지라도 최대한 진실에 맞게 써 내려가야 한다는 작가의 양심을 뼈저리게 느끼게 된다.

한길[一道]

『딸깍발이』, 이희승, 범우사

이 풍 경

　작가는 한글과 한길을 간 사람이다. "조핵공棗核公"은 그의 별명이다. 대추씨처럼 작고 단단하다는 뜻으로 월파 김상용이 지어준 이름이다. 그가 먼저 김상용에게 "지월공地月公"＊이라 놀리며 지어준 것에 대해 답으로 받아 별호가 되었다. 이 책을 읽고 나면, 150cm 즈음의 키에, 딸깍발이＊ 남산동 샌님이 떠오른다. '딸깍발이'는 대표작이자 그의 별호가 되었다. 궁핍한 삶 속에서도 의지와 지조를 지키면서 인간의 도리를 다한 선비의 참된 모습을 작가는 '딸깍발이'라고 표현한다. 지나치게 이해타산적인 현대인에게 '딸깍발이 정신'을 따라야 한다고 주장하는 중수필이다. 3천 자 정도 분량의 글에 해학을 얼버무려 강한 메시지를 전한다. 그래서인지 읽을수록 문장이 구수하고 담백하다. 친구와 언어를 가지고 격이 있는 유머를 나눌 수 있는 모습에서 소탈한 인품이 느껴진다.

작가는 1896년에 태어나, 1989년 사망하였다. 93세까지 살았다. 일제강점기, 해방, 6.25, 남북분단, 민주화 등 격동기를 겪었다. 그의 이름을 검색하면, 제일 앞에 '대한민국의 독립유공자, 국어학자'로 소개한다. 의를 지키기 힘든 시대, 최고의 권위를 가진 국문학자로 숱한 유혹과 압박이 있었을 것인데 '독립유공자'의 칭호를 지킬 수 있었다는 것은 말과 행동이 일치한 삶을 살았기 때문이다. 믿었던 지식인들이 노년에 언행 불일치로 명예가 실추된 경우가 얼마나 많았던가. 이만하면 작가가 남산동 딸깍발이라 불림 직하지 않은가 말이다.

이 책을 읽으면서 생소한 단어가 많아 사전을 많이 찾았다. 포털사이트 사전으로 검색했다. 학창 시절(오

프라인 시대)에 "이희성 편저"라고 적힌 국어사전을 애
용하였다. 정확한 의미를 몰라 사전을 찾으면 군더더기
없이 단순한 설명을 보고 놀라곤 했다. '사전을 만든 사
람은 천재다'라 생각했다. 작가는 국어사전의 기초자
이다. 국어를 연구하면서 국한문 혼용체의 필요성을 주
장했다. 요즘 젊은이들은 한자를 모른다. 남산 둘레길
에 가면 비문에 '一石李熙晟學德追慕碑'가 보인다. 비
문을 제작한 사람들은 후대가 제대로 읽을 수 있을지 염
려했다. 수필이 제대로 정립되지 않은 시기에 자칫하면
현학적인 문장이 될 수도 있으나, 그의 수필은 군더더
기 없이 단순하면서도 쾌활하다. 편리한 것을 추구하는
MZ 세대들은 그의 비문인 것을 알 수가 있을지 의문이
든다. 그런 문제를 예견하고 국한문 혼용체를 주장하셨
던 것 같다.

이 책은 총 22개의 꼭지로 구성되어 있다. 1928년 우
리나라 최초 수필 전문지《박문》에 발표한「청추수제」
부터 1975년《새교육》잡지에 발표한「즉효약」등이
다.「청추수제」는 가을을 상징하는 몇 가지 소재를 간

결하게 묘사한다.

'달' 에서

> 전등을 끄고 누워 있는데 유달리 밤이 훤하다. 쳐다보아도 눈도 부시지 않은 덩이가 도시의 무수한 전등과 네온사인에 나 보란 듯이 달려 있다.

– p. 22

'이슬' 에서

> 가을 예술의 주옥편이다. 여름엔들 이슬이 없으랴? 그러나 청량 그대로의 이슬을 청량 그대로의 가을이라야 더욱 청량하다.

– p. 22

'창공' 에서

> 옥에도 티가 있다는데, 가을 하늘에는 얼 하나 없구나! 뉘 솜씨로 물들인 깁일러냐. 남藍이랄까, 코발트랄까, 푸른 물이 뚝뚝 듣는 듯하다.

– p. 23

'독서'에서

　벌레가 달이 이슬이 창공이 유난스럽게 바빠할 때, 이 무
딘 가슴에도 먼지 앉은 책상 사이로 기어가는 부지런히 부풀
어 오름을 금할 수 없다.

— p. 24

　작가들이 많이 사용하는 '부풀어 오름'에 한동안 멈
칫한다. 가을의 제재를 표현한 문구는 여러 작가가 조
금씩 따간 것 같다. 좋은 문구는 이렇게 부지불식간 모
티브가 되어, 창작자에게 부풀어 오르는 것일까. 서문에
「이희성론」을 적은 최태호 작가도 그의 글을 본 삼아
모작模作했음을 고백한 것을 보면 그러하다.

　「오척단구」는 키작남(키 작은 남자)이 제재이다. 키작
남을 보면 무심코 따라가서 넌지시 자신과 견주어 보는
버릇이 생겼다는 부분에서 박장대소하였다. 유희로 표
현하지만, 그 아픔이 느껴졌다. 부끄러운 것이 없는 사
람이 어디 있으리오. 그는 그것을 과감하게 드러내면서
읽는 이에게 손을 내민다. "작고 초라한 나지만, 내 글

한번 봐주시오." 그런 느낌이다. 글을 읽으며 연신 "맞아, 맞아."라며 속으로 끄덕였다. 주장문은 자칫 딱딱할 수 있다. 그러나 삶에서 우러나는 유머를 덧붙여 주장이 맛깔스럽게 드러난다. 최고학부인 서울대학교 교수로 재임한 석학이지만, 어느 한 소절 현학적이거나 자신을 드러내며 자랑하는 것이 없다. 신문, 잡지에 청탁받은 글이라 자칫하면 웅변조가 될 수 있는데 생활 속 이야기를 곁들였기에 쉽게 공감된다.

「벙어리 냉가슴」에서

억울할 때 비위가 상할 때, 아니꼬울 때, 분통이 터질 때, 이런 때에 푸념을 하고 폭백을 해서 속이 시원하도록 창자 속에 뭉친 것을 죄다 쏟아 놓았으면 오죽이나 좋을까만, 꿀꺽꿀꺽 참아버리자니 벙어리 냉가슴을 앓지 않을 수가 없다.

– p. 125

'벙어리 냉가슴'에 진하게 줄을 그어본다. 얼마나 많은 지식인들이 그 시대 진실을 말하고 싶었을까.

170

「유머철학」에서는

　인간 생활에 있어서의 웃음은 하늘의 별과 같다. 웃음은
별처럼 한 가닥의 광명을 던져주고 신비로운 암시도 풍겨준
다.

– p. 127

문학에서 유머의 가치를 일깨워 준다.

　꿈을 꾸며 살아간 조책공, 딸깍발이가 토해내는 이
야기를 읽다 보면, 나도 덩달아 조책공이 되고 딸깍발이
가 된다. 2023년의 딸깍발이는 어떤 모습일까. 승용차
없이 대중교통을 이용하는 뚜벅이일까, 염색하지 않고
들깻가룻빛 머리를 한 그대의 모습일까, 손 일기를 쓰는
당신일까. 대부분 사람이 어리석어 남과 비교하다 시간
을 허비한다. 인간이라면 먼저 풀어야 할 과제는 분명
하다. 필수문제를 쾌활하게 풀고, 꾸준히 한길, 한글 연
구에 집중한 그의 삶, 삶과 하나가 된 스물두 꼭지를 읽
었다. ‘골계미’의 진수를 느낀다. 이 책은 그의 외모처

럼 작고 얇지만, 내용은 93년간 산 삶의 흔적이 깊게 얽히고설켜 그윽한 울림이 있다. 조책공은 그 시절 제일 키가 컸었던 김부귀에게 어떤 메시지를 남기고 있다. 어서 읽어보기 바란다.

* 地月公: 풀이하면 땅 지의 땅, 달 월의 달, 즉 땅딸보를 말한다.
* 딸깍발이: 맑은 날에도 나막신을 신는다는 가난한 선비

도서관, 복합문화공간이 되다

『도서관은 살아 있다』, 김상진, 학이사

정 규 진

'용학이네 사람책방에 사람책을 모십니다' 용학도서관 주변에 걸린 현수막 내용이다. 웹툰 드라마 '쌉니다 천리마마트'가 떠올랐다. 빠야족의 족장은 마트 직원 공개채용에 합격한다. 심지어 부족 전체가 정직원이 된다. 그들은 자이언트 고깔을 쓰고 인간 카트가 된다. "필요한 걸 말해라. 우리가 데려다 준다." 일상적이지 않은 종교, 성적취향, 인종 등을 가진 사람을 통해 편견과 선입견을 없애자는 취지에서 '사람도서관'은 시작되었고, 사회운동가인 로니 에버겔이 2000년에 열린

한 페스티벌에서 최초로 제안하였다. '용학이네 사람책
방'에서는 지역주민이 한 권의 책이 되어, 자신이 가진
경험과 지혜를 이웃과 공유하면서 평범하지만 가치 있
는 삶에 대해 얘기 나누는 프로그램을 운영하고 있다.

도서관은 갖춰진 플랫폼 위에 창의적인 기획을 해
야 경쟁력을 갖출 수 있다고 말한 용학도서관 현장의 이
야기를 살펴보자. 독립운동가 백당 정기헌 선생의 증손
녀 사람책은 '우리의 역사, 나의 역사'를 강연하고, 내
방가사 동아리회원들의 '덴동어미 화전가' 낭송 영상
은 유튜브에서 확인할 수 있다. '조선 왕실의 치유를 체
험하다'를 기획하여 '궁중의 푸드테라피 체험'을 운영
하고, '신노인 포럼'에서 이승남 원장님은 '명리로 보
는 인생 2모작 일 찾기'를 강의한다. '맨발 걷기 아카데
미'를 기획하여 이론과 실습을 함께 진행하고, '도서관
밖 도서관'에서는 '진밭골 가족생태체험캠프'를 운영
한다. '도서관은 성장하는 유기체'라고 강조한 근대 도
서관학의 아버지, 랑가나단의 말이 현실로 다가왔다.

『도서관은 살아 있다』는 1부 우리의 삶을 바꾸는 도

서관, 2부 코로나 시대의 도서관, 3부 도서관과 독서문
화, 4부 지역사회와 도서관으로 나누어 소개하고 있다.

1부 '도세권'에서 눈길을 끄는 용어가 있다. 학세
권, 숲세권, 물세권, 몰세권 등의 용어를 들어 본 적이
있는가? '0세권' 시리즈는 생활의 편의성과 함께 사람
들이 많이 모여드는 장점 때문에 부동산 가치를 상승시
키는 요인이 된다. 여기서 도세권이란 지적 문화생활을
추구하려는 시민들이 원하는 도서관 인근 지역을 일컫
는다. 아이들을 키우면서 '책을 가까이에서 쉽게 접할
수 있는 환경을 제공했는가'라는 질문에 선뜻 답하기
어려웠고, '좀 더 일찍 도세권의 중요성을 알았더라면
좋았을 텐데'라는 후회를 하게 되었다. 그러나 은퇴 후
값진 삶을 위해서도 도세권이 중요하다고 하니, 남은 기
회를 놓치지 말아야겠다는 생각이 들었다.

2부 '코로나의 역설, 전자책 성장'에서 코로나19로
인한 사회적 거리두기 일환으로 공공도서관과 서점 등
이 모두 문을 닫는 바람에 온라인으로 읽을 수 있는 전
자책e-book이 부각되었다. 대구전자도서관은 종이책을

무료로 제공하는 것과 마찬가지로 전자책도 무료로 볼 수 있으며, 컴퓨터나 스마트폰 앱 '부커스'를 통해 활용 가능하다. 시각장애인뿐만 아니라 종이책을 읽는 데 어려움을 겪는 어르신들에게는 반가운 소식이 아닐 수 없다. 단지 읽기만 가능했던 책에서 발전하여 이제는 볼 수도 있고, 들을 수도 있는 책이 등장하면서 책 읽기에 소홀했던 젊은 세대들에게도 독서 기회를 넓힐 수 있는 좋은 계기가 되었으니 코로나의 역설이 아닐 수 없다.

3부 '큐레이션의 확장, 도서관 밖 도서관'에서 현대사회에서 큐레이션은 정보나 콘텐츠를 선택적으로 골라서 새로운 가치를 부여해 제공하는 행위를 포괄하는 단어로 두루 사용된다고 한다. 북큐레이션은 책 선택에 어려움을 겪는 독자들을 위해 사서가 주제를 선정해 독자와 책을 연결해 주는 서비스다. 북큐레이션은 담당하는 사서의 역량에 따라 온라인과 오프라인을 가리지 않고 책, DVD, 뉴스기사, 학술논문 등을 제공한다. 용학도서관에서는 23년 1월에 '나이 먹기 싫을 때 읽는 책'

을 종합자료실에서, '2023년은 토끼의 해!' 를 맞아 관련 책을 어린이자료실에서 전시하고, '양말 토끼 인형 만들기' 를 어린이 테마 체험으로 북큐레이션을 진행하였다.

4부 '기록문화의 가치' 에 '기억은 기록이 되고, 기록은 문화가 된다. 기록은 역사가 되고, 역사는 미래가 된다.' 는 말의 인용을 통해 기록문화 탐색이 문화 콘텐츠를 생산하고, 이를 브랜드로 만듦으로써 도시 문화를 창조할 수 있다고 설명한다. 2019년 11월 용학도서관에서는 '제1회 영남내방가사 어울마당' 을 열고, 세계기록문화유산으로 등재하기 위한 시도를 했다. 지역주민으로서는 향토자료를 통해 지역문화를 향유하고, 자긍심을 고취하며 애향심을 가질 수 있다. 이러한 시도들이 대구 도시문화를 만드는 초석이 되고, 대구를 '문화도시' 로 만드는 좋은 계기가 되리라 생각한다.

이외에도 세계 책의 날을 기념하여 책을 통해 기성세대와 청년들이 서로 마음을 잇자는 '대구, 책으로 마음잇기' 행사의 기록이 실려 있고, 1910년대 대구에서

'대한광복회'를 조직해 독립운동을 준비한 박상진 총사령관에 대한 재조명이 눈길을 끌었다.

『도서관은 살아 있다』는 저자가 대학에서 배운 이론을 바탕으로 도서관 현장에서 기획하고, 실천하고, 느낀 것을 정리한 것이다. 독서와 도서관의 역할에 관심이 있는 사서 및 일반 시민에게는 솔깃한 정보들이 깨알처럼 박혀있다. 사서를 비롯한 도서관 구성원들은 시민들에게 자신과 도서관이 어떻게 비쳐졌을지 자문해 볼 수 있으며, 지능정보사회에서 도서관이 시민들의 삶에 어떤 영향을 끼쳤으며 동시에 공공도서관의 사회적 역할을 고민해 볼 수 있는 좋은 기회가 될 것이다. 도서관은 이제 독서실과 책대여점 기능을 넘어 복합문화공간으로 변모하고 있기 때문이다.

저자는 현재 대구 수성구립 용학도서관의 관장이다. 경북대학교 문헌정보학과를 졸업하고, 동 대학 대학원에서 문헌정보학 박사과정을 수료했다. 영남일보에서 20여 년 동안 기자생활을 하였고, 은퇴를 몇 달 앞두고 공공도서관의 관장직을 수행하게 되었다.『도서관은 살아 있다』는 출간되자마자 '2022년 세종도서'에 선정되었고, 용학도서관은 2023년 제55회 한국도서관상 단체상을 수상하였다. 영화 〈박물관은 살아 있다〉에서 뉴욕 자연사박물관의 전시품들은 밤마다 살아난다. 하지만 이곳에는 밤낮을 가리지 않고 살아 있는 도서관이 있다. 지역사회의 공적 공간이자 공동체 소통의 장이며, 민주시민으로서의 역량을 강화시키고, 지역공동체가 살아야 지역이 산다고 말하는 용학도서관이 바로 그곳이다.

美치도록 매혹적인

『태연한 인생』, 은희경, 창비

정 규 진

　　『태연한 인생』은 류의 아버지와 어머니에 대한 이
야기로 시작한다. 한 남자는 전화 부스 안에서 사랑하
는 남자와 통화하는 한 여자에게 강렬한 호기심을 느낀
다. 그 여자는 유혹을 이기는 방법이 유혹에 굴복하는
것이라고 생각한 듯 매혹의 강을 넘는다. 류의 부모님
은 그렇게 만났고, 류가 태어났다. 자신의 내면에서 완
전히 새로운 감응의 기운이 꿈틀거렸을 남녀의 모습이
떠올랐다. 두려움을 동반한 쾌락에 젖어 그들은 짧지만
격렬한 행복을 느꼈을 것이다. 〈화양연화花樣年華〉 OST

'In The Mode For Love'의 매혹적인 연주가 어울리는 장면이다.

　은희경의 장편소설 『태연한 인생』은 요셉의 일상 속에서 한때 연인이었던 류를 회상하고, 그들의 이야기 속에 류 부모님의 사랑과 류 어머니의 상실과 고독에 대한 이야기를 겹쳐 놓았다. 요셉과 류는 사랑하는 사이였지만, 멀리 떠난 여행지에서 류는 홀연히 요셉을 떠났다. 거기서 둘의 사랑은 끝이 났다. 요셉은 현재 독설을 일삼는 퇴락한 40대 소설가이며, 카페에서 글을 쓰고 있다. 영화감독 이안이 함께 일하자고 제안을 했는데, 옛 연인 류가 이 영화와 관련이 있다는 것을 알자 제안을 받아들이고 그녀를 만날 기회를 엿본다. 하지만 끝내 류를 만나지는 못한다.

　류는 매혹에 이끌려 요셉을 열렬히 사랑했지만, 어느 순간 홀연히 그를 떠난다. 그녀는 왜 떠났을까? 작가는 '그녀가 홀연히 떠났다'는 지점에서 우리를 머물게 했다. 요셉 또한 깊고 눅눅한 세월을 머금은 침향 주머니 속에 살면서, 그 질문의 답을 찾으려고 했을 것이다.

혹시 그녀는 사랑 이후에 찾아오는 날카로운 상실이 두
려웠던 것일까. 아니면 상실 뒤에 감내해야 하는 쓰라
린 고통과 고독을 외면하고 싶었을까. 류가 홀연히 떠
난 이유를 찾아 나선다.

아버지는 오페라 속 비극적인 여인의 이름을 따서 류에게
붙였다. 그 오페라에서 노래 부르는 모든 사람들 가운데 사
랑이라는 이름을 붙일 수 있는 것은 류뿐이라고 생각했기 때
문이었다.

사랑하는 딸에게 지어 준 이름이 비극적 여인이었던
'류'라니. 영혼만이 감각을 치유하듯 감각만이 영혼을
치유할 수 있다고 믿은 것일까. 아니 어쩌면

항상 새로운 감동을 찾아 나서시오. 아무것도 두려워하지
마시오. 당신 안에 있는 경이로운 삶을 찾아 나서시오.

라고 오스카 와일드가 속삭인 것일지도 모른다. 존
재하는 모든 것의 이면에 비극적인 요소가 숨어있다면
그의 작명이 그리 억지스럽지는 않다.

어쩌면 각자 눈에 보이지 않는 부스 안에 들어가서 비용을 지불하고 그 대가로 고독에 대한 통각을 차단하고 있는지도 모른다.

통각이 불쾌한 감각이나 감정적인 경험이라면 통각의 관점에서 류의 어머니가 겪었을 고독은 고통과 그 의미가 유사하다. 그렇다면 류의 어머니는 고통 대신 고독을 선택한 것이 아니라 고독이라는 부스 안에 들어가 온전히 고통 속에서 숨을 쉰 것은 아닐까 하는 생각이 들었다.

자신을 고독으로 이끈 매혹의 세계에 복수한 것이었다. 류의 아버지가 사랑에 빠진 것은 다른 남자와 통화하는 어머니의 모습이었다. 아버지를 어머니에게로 이끌었던 매혹은 처음부터 배신 속에서 잉태되었다. 어머니는 그 매혹을 고독으로 환산함으로써 운명에게 갚아주었던 것이다.

스스로 불길 속으로 걸어 들어간 류의 어머니는 누구와 한판 승부를 벌인 것일까 생각해 본다. 어쩌면 타인에게 보이는 고독의 가면과 보여주고 싶지 않은 고통의 그림자 간의 한판 승부가 아니었을까.

그러나 류는 자신이 매료된 것이 태연함 속에 깃든 파탄의 맛이란 것을, 열렬한 삶 속에 깃든 차고 날카로운 죽음의 맛이란 것을 깨닫지 못했었다.

이 대목에서 매료 뒤에 남는 것이라고는 쾌락에 대한 기억이나 사치스러운 회한뿐이라는 것을 깨닫지 못한 류가 안타까웠다. 부모님의 갈등과 이혼으로 인한 그녀의 트라우마가 만들어 낸 그림자가 갈 곳을 잃고 이리저리 헤매는 모습이다. 모든 충동이 우리의 정신 속에서 알을 품고 우리를 독살할지도 모른다는 경고를 알아차리기에는 그녀는 너무 어리고 순수했던 것일까.

살아오는 동안 류를 고통스럽게 했던 수많은 증오와 경멸과 피로와 욕망 속을 통과한 것은 어머니의 흐름에 몸을 실어서였지만 류가 고독을 견디도록 도와준 것은 아버지로부터 물려받은 삶에 남아 있는 매혹이었다.

류는 벗어나려고 애써도 그녀의 깊은 곳에 도사리고 있는 매혹의 강렬한 힘을 본다. 태연한 인생의 모습으로 살아갈 수 있게 한 힘은 가족과 생계를 책임져야 했던 어머니로부터 물려받은 것이나, 배신으로 점철된 사랑이었지만 즉흥적이고, 자유분방한 사랑을 선택한 아버지로부터 부여받은 매혹 또한 거부할 수 없는 힘을 지닌 게 분명하다.

작가 은희경은 1959년생으로 36살에 첫 장편소설인 『새의 선물』을 발표하며 주목을 받았다. 『타인에게 말 걸기』, 『아름다움이 나를 멸시한다』 등의 작품으로 각종 문학상을 수상했지만 나를 매료시킨 작품은 따로 있었다. 라디오에서 '책 읽어 주는 코너'를 통해 알게 된 장편소설 『태연한 인생』 이후 다른 작품들을 읽으며, 작가가 펼치는 문학 세상 속으로 깊이 빠져들었다. 자신에게 주는 희열의 선물인 마라톤을 즐긴다는 기사를 접하고 더욱 친밀감을 느끼며, 그녀의 장편소설을 사랑하게 되었다. 작가가 만드는 문학 세계는 그리 따뜻하거나 포근하지는 않다. 때로는 불편하다. 작가의 이런 방어적이고 냉소적인 태도는 나에게는 큰 위안을 주었다. 사회적 관계 속에서 유쾌하지 않은 경험과 마주할 때, 이런 냉소적인 태도는 타인과 적당한 거리를 유지하면서 자유와 해방감을 느끼게 해주었기 때문이다.

우리는 매혹을 갈구하면서도 여전히 통속적인 틀 안에서 크게 벗어나지 못한 삶을 살고 있는지 모른다. 짜릿하고 강렬한 매력에 이끌려 사랑을 나누고, 그 사랑이 영원하기를 갈망하지만 매혹은 언제나 찰나였고, 책임이라는 무게만 남는다. 그래서 인생에서 본질적이고 중요한 가치를 외면한 채 찰나의 사랑을 선택한 이들에게 비난의 화살이 쏟아지는지도. 혹시 매혹의 세상에서 뛰쳐나와 일상적인 세계에 진입한 소설 속 그녀들을 지켜보면서 안도의 한숨을 쉬지는 않았는가. 하지만 이렇게 한번 반문하고 싶다. "너의 행복을 왜 나에게 물어?" 도덕적 굴레에서 벗어나지 못한 채 타인을 의식하며, 지극히 통속적인 세상에 안주하기를 바라는 이 시대에 매혹이 남기는 잔상을 물끄러미 쳐다보게 되는 작품이다.

그래도 책 속에 꿈과 미래가 있음을 가르치자

『그래도 책 속에 길이 있다』, 윤일현, 학이사

최은영

독서의 중요성을 일깨우는 도서는 만연해 있다. 책 읽는 행위를 교육 목표와 연결한 '독서 교육' 장르에 들어오면 지침서의 양이 더욱 방대하다. 『그래도 책 속에 길이 있다』는 설득력 있는 독서 교육 책이다. 저자 윤일현 씨는 '책 읽기를 통한 미래의 길 찾기'에 주력해 왔다. 시인이자 교육평론가로 활동하여 이론과 실제가 탄탄한 이력으로 인해 주장에 힘이 실린다.

이 책은 8개의 꼭지로 구성되어 있고, 독서의 필요성과 방법론 두 요소를 잘 버무려내었다. 무겁지도 가볍

지도 않은 톤으로 다양한 장르의 글, 동서고금의 예시와 현재의 경험치, 충고와 주장을 잘 녹여서 읽기에 재미가 있다. 메모해 두었다가 인용할 만한 지식정보도 제공한다.

「순서 바로잡기」편에 저자의 핵심 개념이 들어있다. 영어 sense에는 책 읽기와 공부 방법이 함축적으로 통합되어 있다. 프랑스 현상학 철학자 메를로 퐁티가 지적한 대로 sense는 '감각, 의미, 방향'의 세 가지 뜻을 가지고 있는데 인식 순서가 중요하다. 방향, 의미, 감각의 순서로 주입식 교육이 진행되었으나, 감각, 의미, 방향의 순서로 바꿔야 창의적 독서와 생산적인 학습이 가능하다고 주장한다. 방향을 정해놓고 의미를 정형화하고 감각을 끼워 맞추는 수동적 인식 순서로는 창의형 인재를 육성할 수 없다. 국가 주도 교육과정이나 교육 정책에서 완전히 자유로울 수는 없겠지만 독서 교육에서는 노력해야 한다. 대구교육청에서 추진하는 IB 교육도 이와 궤도를 같이한다.

「거리두기를 위한 책 읽기」편은 '(부모와 자녀 간

의) 거리두기를 위한 책 읽기'이다. 자녀의 미래가 걱정되어 양육의 모든 과정에 개입하려는 부모들에게 자녀를 '창조적 아웃사이더'로 키워내는 좋은 방안으로 독서와 글쓰기를 제안한다. 외할아버지 서재에서 불우한 어린 시절을 견뎌내며 지적 유희를 배운 사르트르를 예시로 들고, 레미제라블 원전 5권을 읽게 하며 평범한 고교생을 명문대생으로 인도한 저자의 경험을 내세운다. 아우구스투스가 혼란 정국을 수습하고 통치 이념을 실현하는 과정에서 좌우명으로 삼은 '천천히 서둘러라Festina Lente'를 불안하고 조급한 학부모들에게 추천한다. '천천히'에서 여유를 지녀라, '서둘러라'에서 열정을 발휘하라고 일러주므로, 위안과 지침이 될 수 있는 슬로건이다.

「제4차 산업혁명과 아날로그적 감성, 시 읽고 쓰기」와 「낯설게 하기와 창의력 배양, 시와 메타포」편에서 저자는 제4차 산업혁명 시대에도 생존을 위한 덕목은 인문학이며 여전히 아날로그적 감성과 교류가 이루어진다고 주장한다. 따라서 창조적 사고와 생각의 도구인

메타포를 기르기 위한 최적의 방법인 시 읽기와 시 쓰기를 청소년기에 훈련해야 한다고 결론 낸다. 수능 고득점 전략이 절실한 학교에서 온전한 시 공부는 쉽지 않은 과업이나, 청소년의 머릿속에 내재한 언어의 바다부터 풍요롭게 한 후에 떠다니는 수많은 어휘 중에서 최적의 메타포를 건져내는 훈련 등 적용할 수 있는 쉬운 방법부터 실행해 볼 필요가 있다. 이 책의 독자가 저자와 같은 뜻을 가진 교사라면 집단지성을 발휘하여 효율적인 방안을 연구할 수 있을 것이다.

「성장기의 독서, 왜 그렇게 중요한가」편에서 독서는 몰입과 숙달을 경험할 수 있는 좋은 도구라 주장한다. 톨스토이『안나 카레리나』에서 주인공 콘스탄친 드미트리치 레빈이 풀베기를 통해 몰입의 경지를 경험하는 예시를 들고 심리학자 칙센트미하이가 창조적인 사람의 세 가지 요건으로 '전문지식, 창의적 사고, 몰입'을 제시하며 특히 몰입flow에 대해 강조한 사실을 부각한다. 또한 결과중심주의에 매몰되지 않고 과정을 중시하며 여유 있게 인생을 살아갈 수 있도록 청소년에게 독서를 통한 훈련이 최선이라는 공감대를 형성하자고 강조한다. 인생을 성공으로 이끄는 몰입 경험을 독서로써 훈련하자는 견해는 논리적이다.

「사고의 깊이와 다양성, 창의력 배양을 위한 독서」편을 통해 사고력과 창의력 배양을 위한 독서의 가치를 밝힌다.

젊은 날에는 논리보다는 문학작품이 주는 감동을 통해 지적, 정서적 훈련을 하는 것이 더 바람직하다. … 혼돈chaos 다음에 찾아오는 질서cosmos의 경험이 차원 높은 사고력과 창의성으로 연결되기 때문이다.

– p. 170

「학습 능력 향상과 연결되는 책 읽기」편에서 학생, 학부모가 들으면 솔깃할 이야기를 한다. 책 읽기는 학업 능력 향상과 직결된다고 주장한다. 수험생들이 종합적인 추론 능력과 사고력을 요구하는 수능 비문학을 어려워하는 데 대해 답을 제시한다. 독서를 통해 종합 문해력, 직관력, 상상력, 추리력을 갖춘 학생이 국어 고득점의 3대 요소인 언어 감각, 독해력, 읽는 속도를 잘 습득할 수 있다는 이론이다. 교육 기관에서 경험한 많은 사례들로 증명하므로 실천을 권장한다.

마지막 장「그래도 책 속에 길이 있다」는 '책 읽기와 문학교육을 통한 미래의 길 찾기' 강연에서의 현장 질의응답이나 이메일을 통한 상담을 정리한 글이다. 꿈을 꾸고 꿈의 실현을 위해 노력하는 아이로 기르고 싶다는 학부모의 바람에 대해 발레리, 린위탕, 프로이트를 인용하며 꿈의 현실화에 대해 강조하는 답을 내놓는다.

꿈은 인간의 내면에서 무한한 에너지가 용솟음치게 해줍니다. … 꿈은 목적을 고귀하게 만들고 오늘의 어려움을 즐거운 마음으로 견딜 수 있게 해줍니다. 그러나 꿈은 현실에 뿌리를 두어야 합니다. … 꿈을 통해 머릿속에서 먼저 성취를 맛보아야 그 꿈은 보다 쉽게 구체적 현실로 구현될 수 있다는 말입니다. 꿈꾸는 사람이 현실적인 힘도 강합니다.

- p. 224~225

책은 미래를 위한 생존 수단이다. 미국 언론학자 얼 쇼리스가 빈곤에 대한 책을 쓰기 위해 한 여죄수에게 당신은 왜 가난하다고 생각하는가 질문하자 시내 중심가 사람들이 누리는 정신적 삶이 없었기 때문이라는 답이 돌아왔다는 예시를 든다. 자존감, 자신감, 자아 성찰 등의 정신적 삶이 사람을 구원할 수 있고 미래에서도 책은 정신적 삶을 영위하기 위한 최상의 조언자요 조력자라고 주장한다.

동서고금의 문학, 철학, 과학 분야 인용 글을 제시하고 다양한 에피소드와 경험담을 털어놓으며 저자는 '그래도 책 속에 길이 있다'라고 결론짓는다. '그래도'에는 독서 교육을 힘들게 하는 많은 상황이 내포되어 있다. 불안한 미래, 치열한 경쟁, 부실한 제도, 조급한 학부모, 고민하는 학생 등 현실적인 문제가 한순간에 해결되지 않는다 해도 책 속에서 길을 찾자는 결연한 의지를 보인다. 미래 사회가 어떻게 변화하더라도 사람을 성장시키는 것은 사유하는 힘이다. 사유의 세계를 탐구하는 책 속에 꿈과 미래가 있음을 어린 세대들에게 가르치고 이를 실천할 수 있는 효율적인 구조를 구축해야 한다. 『그래도 책 속에 길이 있다』는 책의 효용성과 활용성에 대해 충분히 설득하는 힘을 지닌 책이다.

들여다보며 연결 짓기
: 우리 산천은 모두 문학의 배경이다

『시간의 황야를 찾아서』, 천영애, 학이사

최 은 영

앎과 삶은 하나이다. 우리 삶의 터전이 담고 있는 이
야기를 들여다보고 연결 짓는 것은 매우 유의미한 행위
이다. 대구교육청과 대구교육박물관이 '내 고장 대구·
경북 다시 보기'라는 안내 책자를 펴내어 학교에 배부
하고 관련 사이트를 운영하며 퀴즈골든벨 행사를 실시
하는 것도 어린 학생들에게 앎과 삶이 하나임을 보여주
고 앎을 진지하게 실천하여 삶과 적극적으로 연계하기
를 바라는 교육적 목적에서일 것이다.

향토문인 천영애 시인의 『시간의 황야를 찾아서』는

내 고장 대구·경북의 '문학적' 다시 보기이다. 친절하게 '대구 경북 문학 기행'이라는 부제가 붙어있다. 저자는 문학의 배경이 된 15곳의 장소를 기행하며 '시간의 황야'라는 표현을 사용한다. 문학 기행에서 느낀 시간에 대한 생각으로써 '황야'의 의미를 설명한다. 변화에서 기인한 막막함과 낯설음이 단어 '황야'가 주는 질감이다.

> 글을 쓰기 위해 갔던 곳을 또 다녀오기를 거듭했지만 갈 때마다 그곳은 내가 다녀왔던 그곳이 아니었다. 시간이 변하고 있으니 공간도 변하고, 살아있는 것들도 변해갔다. 시간의 엄중함은 막막한 황야처럼 때마다 다르게 다가왔다. 전부 안다고 생각했던 문학작품과 작가와 그들이 살았던 공간은 알고 보니 전혀 모르는 곳들이었다. 수없이 가봤던 곳들은 처음 가보는 곳처럼 낯설었다.
>
> – 서문

문학이라는 화두를 들고 우리 고장 대구 경북 일대를 답사한 저자의 경험과 심경은 어떠했을지 찾아본다.

아래 글에 문학 기행의 방법과 깨달음이 들어있다. 후
대인이 마음을 열고 다가가는 만큼 선대 문인들과 무언
의 소통을 할 수 있으며 작품의 배경이 되는 우리 산천
에서의 문학적 교감의 경험은 우리 산천이 존재하는 한
영속될 수 있으리란 기대와 기쁨이 느껴진다.

문학의 길을 찾아 막상 길 위에 서니 생각보다 가까운 곳
에 많은 시인과 소설가들이 있다. 책 속의 글로 보는 그들은
한없이 멀었으나 발길이 닿은 곳에 있는 그들은 오랜 세월
을 건너뛰어 내 안으로 훌쩍 들어왔다. 길을 걸으며 나는 그
들이 썼던 시들을 외워보기도 하고 또는 노래로 만든 것들을
불러보기도 하고 소설 속의 내용들을 생각하며 길을 둘러보
기도 한다. 내가 다가가는 것만큼 그들도 가까이 다가왔다.
… 우리나라의 산천은 모두 문학작품의 배경이 되고 있었다.
그리고 또 다른 배경이 되기 위해 후대의 문인들을 기다리고
있을 것이다.

– p. 233

이 책을 관통하는 서술 방법은 '들여다보며 연결 짓

197

기'이다. 저자는 문학작품의 배경이 되는 우리 산천을 찾아서 자세히 '들여다보며' 몇 가지 방식으로 '연결 짓기'를 한다.

문학 배경지를 묘사하며 과거 현재의 '시간과 모습'을 잇는다. 세월이 흘러도 여전히 그 자리에 있는 사물과 식물 등의 변화 여부를 세밀히 관찰하고 비교하며 감정을 이입한다.

> 면사무소 맞은편 시장이 있었다는 곳에는 커다란 창고 하나가 서 있었다. 소설 속의 그때와 별로 달라질 것도 없는 풍경이었다. '어느 해 겨울, 그 나무들 중의 제일 높은 가지에 연이 하나 걸려' 있었던 말라비틀어진 학교 앞의 느티나무는 이제는 늙어 둥근 허리를 한껏 휘고 있었다.
>
> – p. 50

문학작품 속에 흐르는 주류 '감정'을 잇는다. 문학 기행자의 무의식이 그러한 감정선을 자아낼 수도 있겠으나 그 마음도 작품에 대한 몰입의 연장선에서 생겼음이 행간에서 읽힌다.

소설 『우울한 귀향』의 무대인 삼성역을 찾아가는 내 마음
에 얼마간의 우울이 묻어 있었다. 시골의 소읍이라고 해봤자
세월이 간다 해도 별로 달라질 것이 없는 것이야 이미 알고
있지만….

– p. 50

'행동'을 연결한다. 문인의 과거 행동을 상상하며
같은 행동을 취해보고 공감하려 한다. 보이는 공간 안
에서 보이지 않는 시간을 뛰어넘어 교류하려는 노력의
일환으로, 문학 답사에 임하는 저자의 기본자세이기도
하다.

그가 조마조마한 마음으로 용을 쓰느라 발끝을 진창에다
박았던 흰내 강둑에 섰다. … 강 건너 들판을 굽어보며 나도
들판 너머 방울음산을 쳐다보느라 시멘트 바닥에 발끝을 박
았다. 그의 용쓰는 마음이 위태위태하게 나에게도 건너왔다.
장마가 질 때마다 그는 몇 번이나 더 그렇게 강둑에 서서 용
을 쓰며 아버지를 지켜보았을까.

– p. 127

문학작품의 배경 장소에서 느끼는 소회를 '제안'으로 연결한다. 인위적으로 꾸민 탓에 더 이상 원작의 감흥을 느낄 수 없는, 시간의 황야에서 사라진 것에 대한 안타까움을 드러낸다.

> 너무나 깔끔하게 정비된 남천을 보면서 거기에 외나무다리를 하나 만들면 어떨까 생각했다. 우리는 너무 많은 것을 잊고 산다. … 우리에게 문학적으로 전쟁을 증언하는 능력은 없다 하더라도 그들을 기억하는 것은 최소한 우리의 몫이 아닐까.
>
> − p. 91

작품 내용을 저자 자신의 '경험'과 연결한다. 중간 매개자로 자신의 가족을 넣어 하나의 이야기인 듯 이어붙인다. 『우울한 귀향』 작품 속 삼촌은 윤에게 꽝철이란 새에 대해 자주 이야기해 주었는데, 저자 어린 시절에 저자의 아버지도 "꽝철이가 나타나며는"으로 시작하는 사람 홀리는 얘기를 수시로 해주었다 한다. 자료를 찾아보니 강철이란 근방 몇 리의 식물을 모두 태워

죽이는 괴물이며 『지봉유설』에 "강철(罡철)이 가는 곳은 가을도 봄 같다"는 말이 있다고 지적한다. 소설 속 등장 괴물과 저자 아버지의 지어낸 이야기와 전승 자료를 일직선에 놓고 독자의 관심을 이끈다.

문학기행에 대한 의의를 '기억'과 연결하여 표현한다. 시공간이 변하면서 유한한 형체는 사라질지라도 소중한 교감을 잃지 않으려는 기억이 있으면 작품과 작가는 무한히 존재하리라 생각한다. 이 책의 결론으로 봐도 무방하다.

> 한 사람이 사라지고 그와 연관되었던 사건들도 사라져가고 그가 썼던 사물들도 거짓말처럼 사라져간다. 사라져가는 자리에 또 다른 것들이 들어서지만 사라진 사람의 자리는 쉽게 비워지지 않는다. 바로 기억 때문이다.
>
> – p. 151

244쪽의 글에 들어있는 사진을 헤아려 보니 무려 116장이다. 기행자가 원작의 스토리에 자기 이야기를 잘 섞어서 내레이션 하듯 들려주면서 사진으로도 보여주니 청각과 시각이 동시에 자극받는 느낌이다. 게다가 이 책은 대구, 경산, 영천, 경주, 성주, 영천, 구미, 안동 등 우리 고장에 오랜 세월 깃들어 있던 유관한 문학작품과 친숙한 작가의 스토리를 소상히 알려주므로, 지역 독자들에게 당장이라도 달려가서 확인하고 싶은 욕구를 불러일으키기에 부족함이 없다. 평범하고 익숙한 것이 사실은 얼마나 비범하고 새로운 것인지….

　고려, 조선, 근대, 현대에 이르는 시간의 황야를 뚫고 우리 앞에 건재한 문학의 향기를 따라 기행을 하고 싶을 때, 이 책은 가이드북으로 적절하다. 먼저 15인 문인의 작품을 꼼꼼하게 읽고서 상상력을 풍부하게 북돋운 다음에 여행을 떠난다면, 아는 만큼 보고 느끼면서 '길 위의 인문학'을 경험할 수 있을 것이다.

◆ 학이사독서아카데미 연혁

2016.02.01. 학이사독서아카데미 설립

2016.04.07. 학이사독서아카데미 1기 개강 (주강: 문무학 시인,
장소: 학이사도서관)

2016.05.05. 시민과 함께하는 문학기행 - '완행열차 타고 책 읽
기'(동대구 - 부산 기장, 지정도서: 조두진 소설『북
성로의 밤』)

2016.06.30. 학이사독서아카데미 1기 수료식 (학이사도서관)

2016.08.11. 서평모음집·1『册을 責하다』발간, 출판기념회

2016.09.01. 학이사독서아카데미 2기 개강 (주강: 문무학 시인,
장소: 학이사도서관)

2016.10.11. 책방에서 만나다(영풍문고 대백점)

2016.10.22. 시민과 함께하는 책 읽기 - '숲속에서 책 읽기: 숲
에서 오감을 마시다' (화원동산)

2016.11.30. 학이사독서아카데미 2기 수료식 (학이사도서관)

2016.12.09. 시민과 함께하는 문학기행 - '대마도 하루 만에 읽
기: 소설『덕혜옹주』현장을 찾아서' (일본 대마도)

2016.12.20. 독서동아리 '책 읽는 사람들' 설립
제1대 정송 회장 임명

— ◇ —

2017.01.17. 책 읽는 사람들 독서토론 (『달과 6펜스』, 윌리엄
서머싯 몸)

◆ 학이사독서아카데미 연혁

2017.02.21. 책 읽는 사람들 독서토론 (『구운몽』, 김만중)

2017.03.14. 책 읽는 사람들 독서토론 (『동물농장』, 조지 오웰)

2017.03.14. 서평모음집 · 2『篤하게 讀하다』발간, 출판기념회

2017.04.06. 학이사독서아카데미 3기 개강 (주강: 문무학 시인, 장소: 학이사도서관)

2017.04.18. 책 읽는 사람들 독서토론 (『삼국유사』, 일연)

2017.05.06. 책 읽는 사람들 매일신문 토요일판 '내가 읽은 책' 코너 시작

2017.05.16. 책 읽는 사람들 독서토론 (『문학이란 무엇인가?』, 장 폴 사르트르)

2017.06.06. 시민과 함께하는 문학기행 - '소설 『현의 노래』 현장을 찾아서' (경북, 고령)

2017.06.13. 책 읽는 사람들 독서토론 (『이상 소설 전집』, 이상)

2017.06.30. 학이사독서아카데미 3기 수료식 (대구출판산업지원센터)

2017.07.11. 책 읽는 사람들 독서토론 (『한여름 밤의 꿈』, 윌리엄 셰익스피어)

2017.08.22. 책 읽는 사람들 독서토론 (『금오신화』, 김시습)

2017.08.22. 서평모음집 · 3『討論을 討論하다』발간, 출판기념회 학이사독서아카데미 백승회 원장 (사랑모아통증의학과 원장) 취임

2017.09.07. 학이사 독서아카데미 4기 개강 (주강: 문무학 시인, 장소: 학이사도서관)

2017.09.18. 책 읽는 사람들 독서토론 (『그리스로마신화 1』, 이윤기 번역)

2017.10.01. 제1회 사랑모아독서대상-서평 공모(17.12.29.까지. 주최: 학이사독서아카데미, 사랑모아통증의학과. 후원: 한국출판학회, 매일신문, 한국지역출판연대)

2017.10.16. 책 읽는 사람들 독서토론 (『그리스로마신화 2』, 이윤기 번역)

2017.11.05. 시민과 함께하는 문학기행 - '『삼국유사』 현장을 찾아서' (경북 군위 인각사)

2017.11.20. 책 읽는 사람들 독서토론 (『남아 있는 나날』, 가즈오 이시구로)

2017.11.30. 학이사독서아카데미 4기 수료식 (학이사도서관)

2017.12.18. 책 읽는 사람들 독서토론 (『그리스로마신화 3』, 이윤기 번역)

— ◇ —

2018.01.15. 책 읽는 사람들 독서토론 (『거꾸로 읽는 그리스로마신화』, 유시주)
제2대 강종진 회장 임명

◆ 학이사독서아카데미 연혁

2018.01.19. 제1회 사랑모아독서대상 시상식 (대구출판산업지
원센터 다목적홀), (대상: 민희은, 최우수상: 김준
현, 우수상: 허소희)

2018.02.26. 책 읽는 사람들 독서토론 (『욕망이라는 이름의 전
차』, 테네시 윌리엄스)

2018.03.19. 책 읽는 사람들 독서토론 (『무정』, 이광수)

2018.03.26. 서평모음집 · 4 『文을 問하다』 발간

2018.04.05. 학이사독서아카데미 5기 개강 (주강: 문무학 시인,
장소: 학이사도서관)

2018.04.16. 책 읽는 사람들 독서토론 (『브람스를 좋아하세요』,
프랑수아즈 사강)

2018.04.23. 세계 책의 날 기념 행사 - '책으로 마음 잇기'(감명
깊게 읽은 책 교환하기)

2018.05.12. 지역 어린이를 위한 인형극 공연 - '러시아 지코프
인형극단' (학이사도서관)

2018.05.28. 책 읽는 사람들 독서토론 (『홍길동전』, 허균)

2018.06.06. 시민과 함께하는 문학기행 - '『무영탑』, 현진건 현
장을 찾아서'(경북, 경주)

2018.06.25. 책 읽는 사람들 독서토론 (『고도를 기다리며』, 사무
엘 베케트)

2018.06.28. 학이사독서아카데미 5기 수료식 (학이사도서관)

2018.07.16.   책 읽는 사람들 독서토론 (『춘향전』, 김광순 역주)

2018.08.01.   제2회 사랑모아독서대상-서평 공모(18.11.20.까지.
　　　　　　　주최: 학이사독서아카데미, 사랑모아통증의학과.
　　　　　　　후원: 한국출판학회, 매일신문, 한국지역출판연대)

2018.08.20.   책 읽는 사람들 독서토론 (『호밀밭의 파수꾼』, 제롬
　　　　　　　데이비드 샐린저)

2018.09.17.   책 읽는 사람들 독서토론 (『무진기행』, 김승옥)

2018.10.15.   책 읽는 사람들 독서토론 (『폭풍의 언덕』, 에밀리
　　　　　　　브론테)

2018.11.19.   책 읽는 사람들 독서토론 (『마당 깊은 집』, 김원일)

2018.12.17.   책 읽는 사람들 독서토론 (『설국』, 가와바타 야스나리)

2018.12.21.   제2회 사랑모아독서대상 시상식 (대구출판산업지
　　　　　　　원센터 다목적홀), (사랑모아 독서상: 김용만, 한국
　　　　　　　출판학회장 독서상: 김봉성, 학이사독서아카데미
　　　　　　　독서상: 손인선) (기업상: 강경숙칠판, 건국철강, 롯
　　　　　　　데관광대구동구점, 북맨제책사, 성원정보기술, 스
　　　　　　　페이스&창, 승원종합인쇄, 신흥인쇄, 연합출력, 한
　　　　　　　일서적, 한터시티, KNC)

— ◇ —

2019.01.21.   책 읽는 사람들 독서토론 (『눈길』, 이청준)

◆ 학이사독서아카데미 연혁

2019.02.18. 책 읽는 사람들 독서토론 (『지킬박사와 하이드』, 로버트 루이스 스티븐슨)
제3대 배태만 회장 임명

2019.03.18. 책 읽는 사람들 독서토론 (『오만과 편견』, 제인 오스틴)

2019.04.01. 서평모음집 · 5 『評으로 平하다』 발간

2019.04.04. 학이사 독서아카데미 6기 개강 (주강: 문무학 시인, 장소: 학이사도서관)

2019.04.15. 책 읽는 사람들 독서토론 (『아큐정전』, 루쉰)

2019.04.23. 세계 책의 날 기념 행사 - '책으로 마음 잇기' (423 명의 대구시민에게 작가 50인의 책 무료 나눔, 감명 깊게 읽은 책 교환, 교육평론가 윤일현의 '4차 산업 혁명과 책' 특강)

2019.05.27. 책 읽는 사람들 독서토론 (『그리스인 조르바』, 니코스 카잔차키스)

2019.06.06. 시민과 함께하는 문학기행 - '『춘향전』 현장을 찾아서' (전북 남원, 삼례)

2019.06.17. 책 읽는 사람들 독서토론 (『마음』, 나쓰메 소세키)

2019.06.27. 학이사독서아카데미 6기 수료식 (학이사도서관)

2019.07.15. 책 읽는 사람들 독서토론 (『데미안』, 헤르만 헤세)

2019.08.19. 책 읽는 사람들 독서토론 (『열하일기 1』, 박지원)

2019.08.20.　제3회 사랑모아독서대상-서평 공모 (19.11.20.까지. 주최: 학이사독서아카데미, 사랑모아통증의학과. 후원: 한국출판학회, 매일신문, 한국지역출판연대)

2019.09.16.　책 읽는 사람들 독서토론 (『열하일기 2』, 박지원)

2019.10.21.　책 읽는 사람들 독서토론 (『열하일기 3』, 박지원)

2019.11.18.　책 읽는 사람들 독서토론 (『긴 이별을 위한 짧은 편지』, 페터 한트케)

2019.12.17.　제3회 사랑모아독서대상 시상식 (대구출판산업지원센터 다목적홀), (사랑모아독서대상: 장창수, 한국출판학회장상: 최성욱, 학이사독서아카데미상: 손인선) (기업상: 강경숙칠판, 건국철강, 걸리버인쇄, 동성패키지, 롯데관광대구동구점, 북맨제책사, 사과나무치과, 상산건설, 성원정보기술, 스페이스&창, 승원종합인쇄, 신흥인쇄, 아이앤피, 연합출력, 예진디자인, 조광포장, 법률사무소조은, 케이앤씨, 한일서적, 한터시티)

— ◇ —

2020.01.20.　책 읽는 사람들 독서토론 (『방랑자들』, 올가 토카르추크)

2020.02.17.　책 읽는 사람들 독서토론(『모비 딕』 상, 허먼 멜빌)

2020.03.16.　책 읽는 사람들 독서토론(『모비 딕』 하, 허먼 멜빌)

2020.04.01. 서평모음집·6『香으로 裝하다』발간

2020.04.20. 책 읽는 사람들 독서토론(『한중록』상, 혜경궁 홍씨)

2020.05.18. 책 읽는 사람들 독서토론(『한중록』하, 혜경궁 홍씨)

2020.06.15. 책 읽는 사람들 독서토론 (『페스트』, 알베르 카뮈)

2020.07.20. 책 읽는 사람들 독서토론 (『유배지에서 보낸 편지』, 정약용)

2020.08.24. 책 읽는 사람들 독서토론 (『멋진 신세계』, 올더스헉슬리)

2020.09.10. 제4회 사랑모아독서대상-서평 공모 (20.11.15.까지. 주최: 학이사독서아카데미, 사랑모아통증의학과. 후원: 한국출판학회, 매일신문, 한국지역출판연대)

2020.09.21. 책 읽는 사람들 독서토론 (『광장』, 최인훈)

2020.10.19. 책 읽는 사람들 독서토론 (『변신』, 프란츠 카프카)

2020.11.23. 책 읽는 사람들 독서토론 (『사씨남정기』, 서포 김만중)

2020.12.18. 제4회 사랑모아독서대상 시상 (코로나로 인해 택배 발송), (사랑모아독서대상: 윤은주, 한국출판학회 장상: 김남이, 학이사독서아카데미상: 박선아) (기업상: 강경숙칠판, 건국철강, 걸리버인쇄, 바론마스크, 북맨제책사, 상산건설, 성원정보기술, 신흥인쇄, 아이앤피인쇄, 연합출력, 예진디자인, 월드인쇄, 조은법률사무소, 한일서적)

2020.12.21. 책 읽는 사람들 독서토론 (『위대한 개츠비』, 스콧 피츠제럴드)

— ◇ —

2021.01.18. 책 읽는 사람들 독서토론 (『임경업전』, 작자 미상)

2021.01.19. '책으로 노는 사람들' 로 독서동아리 명칭 변환

2021.02.15. 책으로 노는 사람들 독서토론 (『안나 카레니나 1』, 레프 톨스토이)

2021.03.15. 책으로 노는 사람들 독서토론 (『안나 카레니나 2』, 레프 톨스토이)

2021.04.19. 책으로 노는 사람들 독서토론 (『안나 카레니나 3』, 레프 톨스토이)

2021.04.23. 세계 책의 날 기념 - 코로나 퇴치 기원-향토 작가 '4+23' 초대 도서전(라일락뜨락 1956, 23일~30일까지 대구 코로나19 기록 도서 4종, 대구 작가 23명 도서 전시)

   - 대구 코로나19 기록 도서 4종: 『그때에도 희망을 가졌네』, 『그곳에 희망을 심었네』, 『아침이 오면 불빛은 어디로 가는 걸까』, 『등불은 그 자체로 빛난다』

   - 대구 작가 23명: 문무학, 이해리, 채형복, 김종필, 김창제(시), 임언미, 임창아, 천영애, 박기옥(산문), 권영희, 이초아, 한은희, 정순희, 권영세, 서미영,

손인선, 심후섭, 김상삼(아동문학), 윤일현, 이재태,
정홍규, 최상대(인문), 장정옥(소설)

2021.05.17.　책으로 노는 사람들 독서토론 (『마당을 나온 암탉』,
황선미)

2021.06.21.　책으로 노는 사람들 독서토론 (『클라라와 태양』, 가
즈오 이시구로)

2021.07.19.　책으로 노는 사람들 독서토론 (『흥보전』, 작자 미상)

2021.08.16.　책으로 노는 사람들 독서토론 (『앵무새 죽이기』, 하
퍼 리)

2021.09.02.　학이사독서아카데미 7기 개강 (주강: 문무학 시인,
장소: 학이사도서관)

2021.09.15.　제5회 사랑모아독서대상-서평 공모 (21.11.20.까지.
주최: 학이사독서아카데미, 사랑모아통증의학과.
후원: 한국출판학회, 매일신문, 한국지역출판연대)

2021.09.20.　책으로 노는 사람들 독서토론 (『인간실격』, 다자이
오사무)

2021.10.18.　책으로 노는 사람들 독서토론 (『시가 인생을 가르
쳐준다』, 나태주)

2021.11.15.　책으로 노는 사람들 독서토론 (『붉은 수수밭』, 모옌)

2021.11.25.　학이사독서아카데미 7기 수료식 (학이사도서관)

2021.12.20. 책으로 노는 사람들 독서토론 (『크리스마스 캐럴』, 찰스 디킨스)

매일신문 토요일판 '내가 읽은 책' 코너 200회 기념 서평모음집 『내가 읽은 책 - 200권의 책, 200가지 평』 발간

2021.12.23. 제5회 사랑모아독서대상 시상식 (학이사도서관), (사랑모아독서대상: 손인선, 한국출판학회장상: 이은주, 학이사독서아카데미상: 박수자) (기업상: 가람섬유, 건국철강, 라일락뜨락1956, 북맨제책사, 뷰티코하트, 사과나무치과, 상산건설, 스타커뮤니케이션즈, 엄복득장학회, 예진디자인, 월드인쇄, 정명회소아청소년과, 정순희독서논술마을, 한일GnT Speech, 한터시티건축)

— ◇ —

2022.01.17. 책으로 노는 사람들 독서토론 (『인연』, 피천득)

제4대 최지혜 회장 임명

2022.02.21. 책으로 노는 사람들 독서토론 (『명상록』, 마르쿠스 아우렐리우스)

2022.03.21. 책으로 노는 사람들 독서토론 (『방망이 깎는 노인』, 윤오영)

2022.04.18. 책으로 노는 사람들 독서토론 (『수상록』, 몽테뉴)

◆ 학이사독서아카데미 연혁

2022.05.16. 책으로 노는 사람들 독서토론 (『백초당 아이』, 정순희)

2022.06.01. 시민과 함께하는 문학기행 - '미당 서정주의 자취를 찾아서' (전남 고창)

2022.06.15. 서평모음집 · 7『作은 嚼이다』 발간

2022.06.20. 책으로 노는 사람들 독서토론 (『베이컨 수상록』, 베이컨)

2022.07.18. 책으로 노는 사람들 독서토론 (『애정은 기도처럼』, 이영도)

2022.08.22. 책으로 노는 사람들 독서토론 (『에머슨 수상록』, 에머슨)

2022.09.01. 학이사독서아카데미 8기 개강 (주강: 문무학 시인, 장소: 학이사도서관)

2022.09.15. 제6회 사랑모아독서대상-서평 공모 (22.11.20.까지. 주최: 학이사독서아카데미, 사랑모아통증의학과. 후원: 한국출판학회, 매일신문, 한국지역출판연대)

2022.09.19. 책으로 노는 사람들 독서토론 (『인간실격』, 다자이 오사무)

2022.10.17. 책으로 노는 사람들 독서토론 (『상처는 별의 이마로 가려야지』, 김남이)

2022.11.21. 책으로 노는 사람들 독서토론 (『얼어붙은 여자』, 아니 에르노)

2022.11.24. 학이사독서아카데미 8기 수료식 (학이사도서관)

2022.12.19. 책으로 노는 사람들 독서토론 (『딸깍발이』, 이희승)

2022.12.23. 제6회 사랑모아독서대상 시상식 (학이사도서관), (사랑모아독서대상: 김준현, 한국출판학회장상: 김남이, 학이사독서아카데미상: 이경애) (기업상: SC DESIGN LAB, 건국철강, 다품문화예술협회, 라일락뜨락1956, 북맨제책사, 뷰티코하트, 사과나무치과, 엄복득장학회, 연합출력, 예진디자인, 월드인쇄, 월드투어, 정명회소아청소년과의원, 지역과인재, 한일GnT Speech, 한터시티건축)

— ◇ —

2023.01.16. 책으로 노는 사람들 독서토론 (『세월』, 아니 에르노)

2023.02.20. 책으로 노는 사람들 독서토론 (『지금 조선의 시를 쓰라』, 박지원)

2023.03.20. 책으로 노는 사람들 독서토론 (『대성당』, 레이먼드 카버)

2023.04.17. 책으로 노는 사람들 독서토론 (『라쇼몽』, 아쿠타가와 류노스케)

2023.05.15. 책으로 노는 사람들 독서토론 (『죄와 벌 1』, 표도르 도스토예프스키)

◆ 학이사독서아카데미 연혁

2023.06.19. 책으로 노는 사람들 독서토론 (『죄와 벌 2』, 표도르
도스토예프스키)

2023.07.17. 책으로 노는 사람들 독서토론 (『순교자』, 김은국)

2023.08.12. 매일신문 '내가 읽은 책' 연재 중(현재 316회)